# Sueños digitales

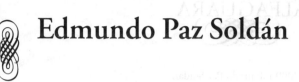

# Edmundo Paz Soldán

## Sueños digitales

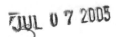

# ALFAGUARA

© 2000 Edmundo Paz Soldán
© De esta edición:
  2000, Santillana de Ediciones, S.A.
  Av. Arce 2333 La Paz – Bolivia
  Fax: (591-2) 442208 • E-mail: santilla@ceibo.entelnet.bo
  Teléfono: (591-2) 441122
  www.santillanabo.com

• Grupo Santillana de Ediciones S.A.
Calle Torrelaguna 60, 28043 Madrid
• Aguilar, Altea, Taurus, Alfaguara, S.A. de C.V.
Av. Universidad 767, Col del Valle
México, 03100, D.F.
• Santillana Publishing Company Inc.
2043 N.W. 86 th Avenue Miami, Fl., 33172 USA.
• Santillana S.A.
Av. San Felipe 731 - Jesús María, Lima, 11 - Perú
• Aguilar, Altea, Taurus, Alfaguara, S.A.
Beazley 3860 (1437) Buenos Aires
• Aguilar, Chilena de Ediciones Ltda.
Pedro de Valdivia 942. Santiago
• Ediciones Santillana S.A.
Carrera 13 No. 63-39, Piso 12, Bogotá
• Editorial Santillana S.A.
Javier de Viana 2350. Montevideo 11200, Uruguay

© Diseño de portada: Luis Gómez sobre un Cuerpo Pintado
de Gastón Ugalde
© Fotografía de solapa: Jaime Cisneros

Depósito Legal: 4-1-684-00
ISBN: 99905-2-104-2

Impreso en Quebecor Perú S.A.

*A los Siberianos y a los Ojopollinos, por diferentes razones y por mucho más que razones.*

*A Alfredo, Diego, Drago y Sergio, porque en el principio está el final.*

*A los hermanos Tejada, por enseñarme sin enseñarme.*

*Ninguna imagen es verdadera*

SANTO TOMÁS DE AQUINO

*Secure the shadow ere the substance fade*

AVISO DE UN ESTUDIO FOTOGRÁFICO
EN EL SIGLO XIX

*...brought back to the world like silver*
*recalled grain by grain from the Invisible*
*to form images of what then went on*
*to grow old, go away, get broken or*
*contaminated.*

THOMAS PYNCHON, VINELAND

Todo había comenzado con la cabeza del Che y el cuerpo de Raquel Welch, recordó un trémulo Sebastián al ver las fotos de su luna de miel en las que la imagen que debía acompañar a la de su esposa había desaparecido. Fotos de la playa de arena blanca en Antigua, en la que los cuerpos se ahogaban en un iridiscente mar de luz y Nikki ofrecía su carne húmeda y tostada al despiadado ojo de la cámara, unos hilos de lycra amarilla fluorescente como pretexto de bikini. Fotos a la entrada del hotel hipermoderno que simulaba la visión que tuvieron los arquitectos del siglo diecinueve de una fortaleza medieval, Nikki sonriendo con su Olympus en la mano izquierda, el brazo derecho suspendido en el aire en línea horizontal, abrazada a una entidad incorpórea, a un ser que había ido al Caribe a pasar una desaforada luna de miel y había regresado entero y de pronto descubría que los testimonios de su presencia bajo el pleno sol se habían borrado: ni siquiera quedaban vestigios de su paso por sargazos palpitantes y horizontes infinitos.

Sentado en la cama de su habitación, rodeado de álbumes de fotos sobre el cubrecama celeste y la frazada con un sol gigante en medio de estrellas, Sebastián se palpó el cuerpo como cerciorándose de que existía, de que no estaba soñando lo que le ocurría o no pertenecía al sueño de otro. Tampoco estaba él en las fotos de las paredes del cuarto y sobre la mesa del escritorio: paisajes desprovistos de presencias en marcos de plata oxidada. Debía revisar los demás álbumes. Temió abrirlos, descubrir que había desaparecido del todo. ¿Quién...? Todo había comenzado con la cabeza del Che y el cuerpo de Raquel Welch.

Ese martes por la mañana, once meses atrás, Sebastián se encontraba en la sala de diseño gráfico de Tiempos Posmodernos, dándole los últimos toques a Fahrenheit 451, la revista semanal cuyo primer número, en papel couché y a todo color –predominaban el rosado, el amarillo chillón, el turquesa y el naranja–, saldría el domingo. Flaco, ojeroso, con un Marlboro en los labios y encandilado frente a la pantalla de la G3, Sebastián arrastraba el mouse entre resoplidos y tecleaba combinaciones de letras y números, órdenes para que, a través de la interpretación de Adobe Photoshop, la foto de Fox Mulder en la pantalla ganara en colores contrastantes para la portada, una sombra oscura como una aureola sobre la cabeza, el pelo negro convertido en amarillo vangoghiano, magenta que te quiero magenta en la tarea de las compensaciones. A su lado, Pixel, gordo, barbado y pelirrojo, mordiendo un cigarrillo negro, también se enfrentaba a una G3. Con su índice izquierdo, hurgaba la ceniza en el cenicero, la esparcía por la mesa con indolencia, dibujaba en el suelo filigranas Jackson Pollock, la ceniza era divertida si se la sabía usar. En un marco de madera, una foto en blanco y negro de su padre a los veintiséis años, festejando su egreso de la facultad de Derecho de Sucre, un chop de cerveza entre las manos y la mirada paladeando los futuros casos por ganar. En la pantalla de la G3, dos fotos de Raquel Welch, una en su atuendo prehistórico y la otra saliendo de una piscina con la camisa mojada, la puta, qué pezones. Era su *screen saver*.

—No se me ocurre. Y Elizalde no se recogió todavía. Qué manera de chupar, no se por qué no lo despiden.

—Dile al Junior que no joda con su puritanismo. Vamos a perder lectores el domingo, hay mucha gente que compra el periódico sólo por ver a la calata de la semana.

—El problema no es tanto él, sino su prima.

Elizalde, ex editor de Posdata (la anterior revista dominical, hecha en papel periódico) y ahora a cargo de Fahrenheit 451, había entregado el lunes por la noche todo el material para el domingo. Pero Ernesto Torrico Junior, el director del periódico desde principios de enero, había revisado el material, cosa por demás insólita, y había vetado la página de la contratapa, aquella que le había ganado a Posdata la fama de Playboy de los pobres. En esa página, Elizalde colocaba las fotos de una modelo desnuda, robada por sus tijeras inescrupulosas a una edición reciente del Playboy brasilero. Junior apenas la había tolerado en Posdata, pero no la quería en Fahrenheit 451 (o quizás la que no la quería era su prima Alissa, la jefa de redacción que, se decía, estaba detrás de todos los cambios). Ahora Elizalde no aparecía por ningún lugar, y Pixel no sabía qué hacer para llenar la página.

—Esas modelitos no estaban nada mal —dijo Sebastián, hurgándose la barbilla, pensando que la chiva desaliñada de Kurt Cobain le quedaría bien a Fox Mulder (se la colocaría a la foto)—. ¿No será el Junior del otro equipo?

Junior y Alissa se hallaban a la vanguardia de un recambio generacional en la familia Torrico. El papá de Junior había decidido que era la hora de los jóvenes, esos insolentes que habían puesto a su periódico en crisis porque no lo leían, no les interesaban los hechos salientes del día anterior, sólo querían saber de Limp Bizkit y Doom y los sitios porno en la red. Quizás los nuevos Torrico hallarían la fórmula para frenar el imparable ascenso en ventas de Veintiuno, el periódico tamaño tabloide que, con sólo un año de existencia, se había consolidado, gracias a muchas fotos y color y sangre en sus páginas, en la preferencia de los lectores. Por lo pronto, Junior y Alissa habían decidido que la única manera de enfrentar a las fotos era con más fotos, al color con más color, y a la sangre con más sangre. El asesor uruguayo que acababan de contratar no estaba contento con los cambios, y preparaba un proyecto para elevar el nivel del periódico.

Sonó el teléfono. Lo contestó Braudel, un moreno alto que trabajaba con ellos. Era un gran dibujante, se encargaba de supervisar el diseño del periódico en su edición en la red, y de la publicidad de último minuto. Tenía una cicatriz en la mano izquierda.

—Para ti, Pixel. De la clínica.

Hacía un año que al papá de Pixel le habían descubierto cáncer al pulmón. La enfermedad parecía controlada, pero en los últimos días se había puesto muy mal. Pixel tiró su cigarrillo, se persignó y giró su asiento reclinable, le dio la espalda a la computadora, miró hacia la pared, hacia la enorme reproducción de la primera página de Tiempos Modernos en su número inaugural, más de sesenta años atrás (el agregado de Pos a Modernos había sido el primer acto de Junior en el poder, la gente todavía no se acostumbraba a eso pero no importaba, a nadie ya le importaban las costumbres). *Presidente abofetea a escritor*, decía el titular, una foto del presidente, un militar joven que terminó descerrajándose los sesos, los militares eran dados a esos gestos melodramáticos.

Sebastián miró de reojo las fotos de la Welch en la pantalla. El papá de Pixel le hacía pensar en su mamá, que fumaba una cajetilla diaria. ¿No albergaría ella, sin saberlo, los inicios de un cáncer al pulmón? Una mancha ínfima, todavía sin presencia en los rayos X. Le había sugerido por email que se hiciera revisar, pero ella se rió, y él no insistió. No la veía mucho desde su súbito casamiento con un cochabambino fanfarrón, alguien que por haber vivido dos años en Montecarlo se creía con derecho a hablar de Carolina y Estefanía como si las conociera en persona (como si hubiera sido su guardaespaldas, con todo lo que ello implicaba). Ahora ella vivía con él en una finca en las afueras de Río Fugitivo, dedicada a la cría de conejos y a la exportación de claveles, y apenas hablaban por teléfono, un email de vez en cuando (un email con fecha en el encabezamiento y Querido hijo dos puntos y toda la parafernalia gráfica de una carta a la usanza antigua, con mayúsculas y puntos aparte y acentos. No sabía que los mensajes, al trasladarse de un medio a otro, debían traducirse a otro lenguaje. Una nueva forma de comunicación implicaba necesariamente una nueva gramática. Una nueva forma de pensar. Había que explicárselo).

Desde la pared enfrente suyo, Naomi Campbell y Nadja Auermann observaban a Sebastián observando a la Welch. El rostro de la Campbell, escaneado de una portada de American Photo y luego ampliado por Pixel hasta tomar la forma de un poster, era el de un androide recubierto de metal, la piel de plata reluciente y los labios de un rojo supersaturado (calva, las uñas verdes). Era una Naomi futurista. La rubia Nadja se hallaba recostada junto a una pantera negra; había adquirido una piel negra y también estaba calva. Otras dos panteras yacían junto a sus piernas interminables. Sebastián levantó la vista y se acordó de la primera vez que había visto esa foto, en el departamento de Pixel. Había pensado que sólo una loca podía animarse a posar junto a una pantera. Por supuesto, sabía que Nadja no era una loca. Que jamás había estado junto a un animal tan peligroso, excepto, quizás, en alguna visita a un zoológico (organizada por Vogue para modelar los bikinis de la temporada). Sabía que Seb Janiak, una fotógrafa francesa, era responsable de unir digitalmente a la modelo y a los tres felinos.

Buscó en el archivo fotográfico una foto de la Welch. Apareció una de una entrega de premios en Hollywood, en la que la actriz estaba con un apretado vestido color crema, opaco –todos los colores eran opacos hasta hace una década–, cuyo escote dejaba que los senos alharacos escaparan con facilidad de su tibia guarida. Luego buscó una foto del Che. Apareció una de esas que se encontraban en pósters y en poleras, acompañadas del slogan *Hasta la victoria siempre*, la boina negra con una estrella al medio, la melena orgullosa y la sonrisa del guerrillero triunfador, la mirada que iba más allá del frágil presente que captaba la cámara para posarse con arrogancia en la historia.

Sebastián utilizó *Image Size* para lograr que ambas imágenes tuvieran la misma resolución en pixeles. Hizo un rectángulo alrededor de la cabeza del Che, y apretó *cut* en el menú. Después borró la cabeza de la Welch. El cuerpo descabezado flotó en la atmósfera de esa noche ya más que difuminada, esa noche de la que no quedaba más que esa foto con la que ahora se entretenían digitalmente fotógrafos profesionales y no tanto. ¡Mi reino por mi cabeza!, habría gritado Raquel si se hubiera enterado de lo que se perpetraba esa mañana en el segundo piso de un periódico en Río Fugitivo. Pero no, no se enteraría, por suerte, como no se había enterado de tantas fotos suyas pringadas de semen en las revistas de adolescentes y viejos verdes. Eso le pasaba por ser un ícono de los tiempos. Era la venganza de los que no aparecían ni en revistas ni en pantallas.

Puso la cabeza del Che al cuerpo de la Welch. Era una combinación extravagante, que movía a la carcajada. Había que ser irreverente, pero no tanto. Con el escalpelo de Photoshop, eliminó el halo de pixeles no deseados que rodeaban la cabeza del Che, y coloreó los bordes de la cabeza con el mismo tono del *background* de la Welch, de modo que hubiera continuidad entre las fotos. Fue ajustando los cuellos de diferentes tamaños, el de la Welch era fino, el del Che macizo. Aunque era obvio que se trataba de dos personas, había que crear la ilusión de que se trataba de una. No era difícil: cada punto de la imagen en la pantalla podía interpretarse matemáticamente. El arte era cuestión de ojo, y de intuición, y de fórmulas algebraicas.

Pixel colgó.

—Éstos de la clínica están más preocupados por asegurarse que habrá alguien que se hará cargo de las facturas en caso de que mi viejo... ¿Qué carajos haces?

—Nada —dijo Sebastián, tirando al suelo la colilla del Marlboro—. Me acordé de algo que hacía en mi infancia. Tenía mi propio periódico. Me la pasaba recortando fotos de revistas, y me encantaba hacer collages de personas lo más opuestas posibles, un tijeretazo y la cara de Rummenigge aparecía junto al cuerpo de Maradona. Los cortes eran obvios, de lo más crudos. Un triste fotomontaje. Ni para comparar.

Pixel ya no lo escuchaba. Miraba, extático, al ser imaginario que destellaba en la pantalla.

—Te pasaste, campeón.

—¿Cómo que me pasé?

—Esto es lo que haremos para llenar esa página de mierda: poner esta foto, y hacer un concurso. Hablaré con Junior y le pediré que nos financie cien, doscientos dólares, para el primero que acierte a quién le pertenece el cuerpo. ¿Te parece?

—¿Cuenta mi opinión?

—No.

—Entonces mejor me callo.

Todo había comenzado con la cabeza del Che y el cuerpo de Raquel Welch.

A Sebastián le gustaba caminar de regreso a casa. No era mucho, apenas veinte minutos, los suficientes para abrir un paréntesis entre el ajetreo de noticias inverosímiles del –la realidad se esforzaba tanto por superarse a sí misma que era muy difícil tomarla en serio– y el mundo con Nikki en el piso en el que vivían desde el matrimonio. Una nueva ciudad florecía a sus ojos entre el ajetreo de librecambistas ofreciendo dólares y vendedores informales con sus carretillas llenas de jeans Calvin Klein falsificados en el Paraguay y Gameboys sin sus cajas y jugosos duraznos de Carcaje. Las aceras estaban relativamente limpias y el alcalde, como parte de su proyecto «Para Recibir al Nuevo Milenio», había cumplido su promesa de reverdecer el paisaje urbano (se habían plantado sauces llorones y jacarandás en las jardineras de las avenidas e instalado en las plazas fuentes que despedían chorros de agua en los que se posaban los arcoiris y los colibríes). Aparecían letreros informando de la construcción de un edificio de quince pisos en lotes que sólo ayer albergaban a iglesias coloniales y casas solariegas. Proliferaban videoclubs y cibercafés, y restaurantes y floristas cambiaban sus nombres en español por otros en inglés y portugués. A media cuadra de la librería

Libros, todavía una mujer vendía ediciones fotoco-
piadas de *La casa de los espíritus*. En una pared des-
cascarada habían instalado una inmensa foto en
blanco y negro del presidente Montenegro y del alcalde –abrazados, sonrientes, efusivos– al lado de
un anuncio de Coca-Cola y otro de Daniela Pesto-
va luciendo sus senos en Wonderbra. Montenegro
era enano pero allí no lo parecía.

El cielo se llenaba de cables que confun-
dían a las golondrinas, vozarrones convertidos en
ondas electromagnéticas que al pasar bajo sus di-
minutas garras las desperezaban, las impulsaban a
desasosegados tirabuzones. El cielo se llenaba de
anuncios publicitarios de importadoras de autos y
computadoras y discos, una fiebre de importación, vivimos de prestado, pronto a alguien se le
ocurrirá importar toda una ciudad, *we'll be Fugitive
River City*.

Cuando veía los edificios que surgían en la
ciudad como hongos hiperbólicos, los hipermerca-
dos y los centros comerciales pletóricos de Nautica
y Benetton, Sebastián se preguntaba por la zona
de sombra que ocultaban, la infraestructura invisible que los sostenía. ¿Qué dinero turbio o no tanto se escondía ahí, qué manejos clandestinos, qué
crueldades y zozobras, qué arteras puñaladas en la
espalda? Quizás porque trabajaba retocando superficies, y sabía lo fácil que era ocultar con ellas,
a través de su turbadora armonía o brillo hipnóti-
co, los lodazales que anegaban sus pasos, las ter-
mitas que resquebrajaban la madera, admiraba a
aquellos individuos poderosos que no se dejaban

ver, los inofensivos vecinos de los que uno nunca sabía nada y que sin embargo regían imperios. Los secretos dueños del secreto. Hubiera querido ser uno de ellos. No quería la fama facilona del reconocimiento en la calle, muy expuesta a los quince segundos de cansancio que brindaba la enceguecedora visibilidad. Quería deslizarse por los pasillos del periódico a las tres de la mañana y reinventar a su antojo las fotos de la primera página, las de la sección internacionales y las de deportes, crear una nueva realidad para los lectores de Tiempos Posmo. Quería hacer eso, y mucho más. Quería controlar la ciudad y que nadie, ni siquiera su esposa, supiera de ello. Sueños de grandeza que, sospechaba, de una manera u otra, cualquier hombre común debía tener.

Un mendigo se le acercó y le pidió unas monedas. Sebastián, un Marlboro en la mano y silbando una canción de Fito Paez interpretada por Miguel Bosé (*El amor después del amor*, todas las FMs la pasaban al unísono, debían haberse puesto de acuerdo), se las dio sin mirarlo y sin detenerse. Pasó junto a la sobreviviente casona del Tío Jürgen, escondida detrás de unos pinos inmensos y desaliñados. Lo vio como era en su infancia, con una chamarra de paracaidista y largas patillas y una sonrisa que dejaba sus encías al descubierto, cuando iba en moto con sidecar al Don Bosco a recoger a su sobrino, compañero de Sebastián. Se había encariñado de Sebastián, le traía dulces y lo llevaba a dar vueltas en el sidecar ante la celosa mirada de su sobrino. ¿Qué habría sido del Tío Jürgen? ¿Seguiría en Brasil, como se decía? Hacía años que no lo veía. Pese a lo que hoy sabía sobre él, pese a tanta información nefasta —los periódicos a veces decían la verdad—, lo recordaba con cariño.

La casona parecía abandonada. Seguro uno de esos días la derrumbarían para erigir en su lugar un edificio de vidrios espejados.

A medida que se acercaba a su casa, pensaba menos en el periódico. Las primeras cuadras, llenas de árboles de níspero cuyas frutas secas yacían en la acera, todo era TP (Tiempos Posmo, tal como se lo conocía). Había comenzado a trabajar allí casi un año atrás, de casualidad. Un día llegó a quejarse de la falta de nitidez de la foto de un ex compañero suyo que él, a nombre de la promoción, había hecho publicar en la página de sociales el día de su cumpleaños. La secretaria, una dientuda que pronunciaba la ese como si fuera la letra más importante del alfabeto, lo envió al segundo piso, a la sala de diseño. Se preguntó si la secretaria era también de la familia. Toda la familia Torrico trabajaba en el periódico, había bromas al respecto, cómo no podía haber romances entre el personal bajo pena de incesto. No, no debía ser. Seguro era paceña. Río Fugitivo había sido invadida por paceños. No los culpaba: La Paz era la ciudad del pasado, un territorio que daba manotazos de ahogado en la venenosa corriente arrolladora del tiempo.

Cuando llegó a la sala, bautizada pomposamente El Cuarto Iluminado (en oposición al Cuarto Oscuro, donde los fotógrafos revelaban en una penumbra rojiza sus juegos de luz y sombra atrapados en el tiempo, murciélagos de taxidermista o apenas frágiles mariposas de insectario), se sorprendió del desorden de papeles en medio de seis relucientes Mac, algunas todavía envueltas en plástico, sus cajas una encima de otra en un rincón. ¿Podía ser que tecnología tan avanzada fuera responsable del horroroso diseño que era el sello distintivo del periódico? No, seguro que la tecnología no era la culpable, sino los que estaban a cargo de ella: unos ineptos que no le sacaban más que el 1% de provecho. Se acercó a un gordito pelirrojo que jugaba 3-D SuperTetris y que, al ser descubierto, apretó un botón que hizo desaparecer el juego de la pantalla. Sebastián expuso su queja.

—¿Salió qué día?

Sebastián se lo dijo. El gordo buscó con desgano en los archivos de la Mac. Apareció la página de Sociales, la foto del amigo de Sebastián en la esquina superior derecha.

—No es nuestra culpa —dijo el gordo—. La foto no estaba muy clara. Mal tomada, sombras en los ojos.

—Perdón —dijo Sebastián—. Si la foto es mala, ustedes tienen la obligación de mejorarla.

El gordo lo miró como sopesando su atrevimiento. Sebastián jugó un rato con el mouse y el teclado, fue retocando la foto, hizo que desaparecieran las sombras de los ojos y le dio más claridad al rostro.

—A eso me refería.

—Lo que pasa es que nosotros respetamos lo que se nos entrega.

—Lo único que ustedes deberían respetar es la posible calidad de la imagen. Usar lo que se les da como un punto de partida.

—Y también está el asunto del personal... La revolución digital no es nada sin gente capacitada.

¿La revolución digital? Los periodistas siempre hablaban en clichés, pensó Sebastián. Cuando el gordito alcanzó a decir postfotografía y era de la información en una sola frase, se preocupó. Era evidente que estaba suscrito a revistas de avanzada y pasaba horas en línea. Era también evidente que sabía mucho de teoría, pero que en la práctica no se hallaba muy alejado de esa mayoría cavernícola que utilizaba a las computadoras sólo como aparatosos procesadores de palabras. Pero le cayó bien. Se enteró que a él se le había ocurrido el slogan para las máquinas fotográficas digitales de Panasonic, ¡te ves mejor en pixeles!, y que desde entonces su apodo era Pixel. Siguieron charlando y, al final, llegaron a un acuerdo: Sebastián vendría un par de horas a la semana a enseñarle los secretos de programas como el Photoshop, que había descubierto por cuenta propia en Imagente, la agencia de publicidad en la que trabajaba junto a su hermana Patricia.

Ah Pixel, pensó Sebastián mientras se cruzaba con una mujer madura de perfume empalagoso, a la que de seguro la seguirían las abejas si pasara por un parque. Tenía un rostro digitalizable como el de todos: era cuestión de borrarle las patas de gallo, tensar la piel que colgaba en el cuello. Seguro la mujer estaba pensando en un *facelift*. Pero eso ya no era necesario, se dijo Sebastián, era algo totalmente anticuado. ¿Cuántas personas entrarían en contacto con la mujer real? En cambio, en su página en la red, ella podría ofrecerle al mundo (secretarias egipcias, nimfómanas australianas, bibliotecarios nigerianos) el rostro que quisiera ofrecer ese minuto, esa hora, ese día.

Dio una última pitada al Marlboro, lo tiró al suelo. Ah Pixel. Lo había llegado a querer y respetar. Sabía de su obsesivo amor hacia su papá enfermo (su mamá había muerto en su adolescencia), de su gran corazón y su escaso talento, de su nada sobria soledad de divorciado —ahogándose en trago y cocaína y putas que conseguía en *chat rooms*—, de su dedicación al trabajo y sus incontables manías (fobia a los insectos, juegos en la computadora, que sus parejas de turno le dieran latigazos para que se viniera). Pese a la oposición de Patricia, que le decía que el futuro estaba en Imagente, terminó dejando el trabajo en la agencia y ofreciéndose a interpretar las ideas de Pixel para darle una mejor imagen al periódico. Ahora, sentía que lo estaba traicionando. Junior quería que él se hiciera cargo del diseño de TP, *right away*. ¿Y Pixel? Zapatero a tus zapatos. Sebastián había sugerido que las cosas se hicieran poco a poco, con diplomacia. Junior aceptó a regañadientes. Por lo pronto, le pasaba subrepticiamente trabajos muy especiales que tenían que ver con la foto central de la primera página. El otro día, por ejemplo, había llegado la foto de un 727 que se había estrellado contra unos edificios cerca del aeropuerto de Taipei, doscientos tres muertos. La foto, tomada después del accidente, mostraba el fuselaje del avión incrustado entre los edificios en escombros. Junior le dijo que esa foto saldría en todos los periódicos, y que él quería algo más espectacular: una foto segundos antes del choque del avión con los edificios. Eso cortaría la respiración de quienes la vieran, pasmados ante la inminencia de la catástrofe e incapaces de hacer algo por evitarla. ¿Puedes o no? Entusiasmado por el desafío, Sebastián se puso a trabajar de ocultas. Sabía que Pixel no lo aprobaría. Para él, una cosa era manipular fotos para la publicidad y las páginas de sociales, y otra, muy distinta, para las noticias, que debían ser neutrales, tan objetivas como las dictaran los cables de las agencias. Demasiadas reservas morales para trabajar en un periódico, pensó Sebastián.

Había otro gran anuncio de Montenegro a la orilla del puente. *El presidente de todos*, se leía en letras superpuestas, dos planos que se cruzaban pero no se cancelaban, seguro lo habían hecho los de Imagente. *El refresco de todos, el auto de todos, el condón de todos*: los últimos slogans, se dijo apurando el paso, abrumaban con su repetitivo deseo de llegar no sólo a la mayoría sino, cómo explicarlo, a mucho más que la mayoría. El 51% ya no era suficiente, ahora se quería el 100%. *El presidente de todos*. Las organizaciones internacionales de Derechos Humanos seguían despotricando, pero no había vuelta que darle, esta vez Montenegro había llegado al poder por la vía democrática y de nada servía recordar a los cuatro vientos la Operación Cuervo y las atrocidades cometidas durante su dictadura. Incluso Lozano, su idealista opositor de aquella época, era ahora su principal aliado: es hora de construir puentes sobre los ríos de sangre, había dicho a reporteros minutos después de firmar el pacto que comprometía sus votos electorales a Montenegro en el congreso y le daba así la victoria. Al cruzar el puente Sebastián aspiró el fétido olor del río y miró hacia sus aguas tranquilas de color barro. Si de un día a otro se olvidaban tantas cosas, ¿cuántas se borraban en más de veinte años? Fluía leve el agua color barro, leve sobre la piedra caliza en la profundidad del río Fugitivo.

Se detuvo, encendió un cigarrillo, se dejó golpear por una brisa que traía consigo el aroma de miasma de los basurales a los bordes del río (en los que se encontraban desde bicicletas hasta nonatos). Había votado por Montenegro, aunque no se lo había confesado a sus amigos. Había nacido un año después del inicio de la dictadura, sabía de ese tiempo de manera indirecta y parcial, a través de las aburridas clases de historia en el colegio, y de la información de su madre, a quien Montenegro le caía bien, pobre viejo, cómo ha debido sufrir con la muerte de su esposa. Eso terminó por convencer a Sebastián de votar por él: cualquiera que perdiera a su esposa en un accidente de tránsito en una autopista de Rio de Janeiro merecía compasión. Su papá no lo habría aprobado, pero ahora él no estaba cerca y por lo tanto su voto no contaba.

La noche se apoderaba del día. Los autos cruzaban raudos por el puente a cuatro cuadras de la casa de Sebastián, sus luces rojas parpadeando, sus bocinas en una molesta cacofonía. Un soldado hacía guardia al otro lado del puente, el alcalde había prometido hacer lo posible por evitar más muertes innecesarias (el alcalde prometía muchas cosas, y mientras tanto compraba terrenos aledaños a las nuevas avenidas que hacía construir: se había convertido en vecino de todo el mundo). Se lo conocía como el «Puente de los Suicidas». Quizás eran sus bajas barandas de hierro, el barranco que lo separaba del río −una garganta profunda que prometía muerte instantánea−, o los eucaliptos en los bordes, desolados alabarderos oficiando un rito funerario: lo cierto era que la gente que no quería utilizar veneno para ratas o una soga al cuello; se encaminaba hacia el puente para despedirse de la vida. Sebastián se acordaba de su mala fama desde que tenía uso de razón. Había combatido su perfil sombrío imaginándolo anaranjado y, desde que trabajaba con computadoras, magenta. Los pilares plomizos eran magenta, el arco negro era magenta.

Había hecho lo posible por entender a los suicidas, sin suerte alguna. Para él, ninguna razón justificaba abandonar el mundo por decisión propia. Quería mucho la vida, la suya, como para ocurrírsele siquiera hacer algo contra ella. Los últimos meses había habido un recrudecimiento de suicidios: unos decían que la transición de un milenio a otro exacerbaba las tensiones y era la causa principal de esa oleada; otros, menos abstractos, culpaban a las salvajes políticas económicas de cuño neoliberal –entre ellas el desmantelamiento de los servicios públicos de asistencia social–, llevadas a cabo por los tres últimos gobiernos e intensificadas por Montenegro. Ambas teorías le daban lo mismo a Sebastián. No pudo evitar un estremecimiento al recordar a la mujer que se había tirado del puente una semana atrás. Treinta y cinco años, divorciada, tres hijos menores de diez años. La habían despedido de su trabajo de enfermera luego de que la clínica se enterara que ella cobraba unos pesos extra por limpiar las descuidadas habitaciones de los pacientes. ¿Esa era razón suficiente...? Nunca lo entendería. ¡Qué egoísmo el suyo, debía haber pensado en sus hijos!

El soldado de guardia le pidió un cigarrillo. Sebastián se acordó que ahora entraba al territorio de Nikki, y le dio el Marlboro que tenía en la mano. Se metió dos chicles Addams de mentol a la boca. ¿Serían suficientes? Al primer beso, Nikki diría que su boca apestaba a cenicero. ¡Cómo jodía! Rara mujer a la que le encantaba la marihuana y otras drogas más insalubres, pero detestaba el cigarrillo. O quizás no tan rara, quizás era tan sólo el aire de los tiempos (las radiografías revelaban pulmones deshechos con tanta facilidad).

Se había casado con ella cuatro meses atrás, después de un muy corto noviazgo. La había conocido en un gimnasio abundante en espejos multiplicadores de hombres de músculos esporádicos; apenas la vio entrar, un ajustado top gris que realzaba sus pechos y descubría los hombros, shorts grises y zapatos de tenis sin medias, sintió que era verdad esa patraña del amor a primera vista. A la salida se las ingenió para acercarse a ella e iniciar una charla banal; logró sacarle el teléfono y, a las dos semanas, una noche en que le puso por apodo la Tailandesa, por sus almendrados ojos negros y sus cejas finas y oblicuas, ya eran pareja.

Habría podido estar años con ella sin ocurrírsele el matrimonio, le era suficiente saber que era suya; además, tampoco era cuestión de apurarse, ella se había divorciado apenas diez meses atrás, su ex marido era un abusivo y decía estar curada de espanto y tener traumas para rato. Sin embargo, una noche en Tomorrow Now, el bar pletórico de jóvenes al que de vez en cuando iban (él tenía veintisiete, Nikki veintidós), ella, ida en tequila, se puso a coquetear con un amigo. Sebastián se emborrachó y le armó una escandalosa escena de celos. Ella, de repente, lo agarró del cuello y tomó entre sus manos su cadena de plata –un crucifijo, una engastada moneda inglesa de 1891 con la efigie de la reina Victoria (regalo de bachillerato de su mamá)–; luego abrió el seguro de la cadena y colocó un anillo de oro que había sacado de su cartera, y le preguntó si quería casarse con ella. Sebastián tartamudeó: las cosas no se hacían así, a él le correspondía preguntar. Sí, pero me voy a hacer oca esperando. Los amigos aplaudieron, Sebastián se ruborizó, se acercó a ella, la besó y le dijo sí, quería casarse, estaba lo-colocolocodeamor. Fascinante Nikki, que siempre hacía las cosas a su manera.

Aceleró el paso. La luz del alumbrado público carecía de fuerza pasado el puente. El río era una frontera que separaba la ciudad luminosa de la zona de sombra. Barrios de casas decrépitas, donde vivían aquellos que habían escapado de la pobreza pero no habían terminado de dar el salto a la seguridad económica. Ventanas azuladas por la luz de los televisores, Volkswagens brasileros estacionados en la calle, triciclos tirados en las aceras, perros insolentes y gatos advenedizos. Cuántos gritos a las tres de la mañana, cuántos esposos borrachos y esposas golpeadas y adolescentes volando en cocaína. Había que trabajar para mudarse cinco cuadras, al otro lado del río y entre los anuncios, había que sacar a Nikki de ese barrio de perdedores. No quería pensar en tantas deudas. Qué locura, animarse a ese paquete turístico en Antigua, aunque quién les quitaba lo bailado. Y la computadora...

Recorrió con una sonrisa la última cuadra antes de llegar a casa. Lo hacía feliz el solo hecho de pensar en Nikki, imaginarla esperándolo en la casa con su piel canela, el cuerpo cálido que luchaba infructuosamente por mantenerse delgado (la grasa se acumulaba en los muslos) y la corta cabellera negra y rizada, más alta que él aun descalza. La pulpita wawita, murmuró sintiendo en su cuerpo esa ráfaga de amor que hacía desaparecer la ciudad en torno suyo y lo dejaba desnudo, expuesto a las inclemencias del día. Quiero ver a la pulpita wawita. Verla lo tranquilizaba, porque, había que reconocerlo, el matrimonio, lejos de proporcionarle la ansiada seguridad, no había hecho más que exacerbar sus ansiedades, su miedo a perderla. Ella le escribía al menos dos emails al día, entre tiernos y pornográficos, le decía que era suya, que la hacía muy feliz, *your tongue does wonders for my wellbeing*, y él los releía hasta el cansancio y se tranquilizaba, pero esa tranquilidad apenas duraba unos minutos: poco después ya comenzaba a esperar, ansioso, otro email, y se preguntaba con la respiración furiosa qué diablos la demoraba, con quién estaría charlando en ese instante, quién estaría elogiando su ropa o su rostro o su conversación, si ése sería el día en que llegaría a casa y no estarían sus maletas, el rastro de su olor en los cuartos. Quizás era que la veía tan independiente y agresiva, tan dueña de sí misma, tan, cómo decirlo sin eufemismos, superior a él. Porque Nikki era la típica mujer que en la adolescencia jamás lo hubiera mirado. Incluso esa tarde en que la había conocido, en el gimnasio, debió darse la vuelta al menos tres veces hasta comprobar que ella no miraba a nadie detrás suyo, lo miraba a él. Y cuando a la salida se acercó a ella, torpe, tembloroso, deshilvanado, su imagen proliferando en los múltiples espejos que los rodeaban, y le dijo una frase sin brillo del tipo te conozco de alguna otra parte, y ella, el top mojado, las largas uñas pintadas de verde, le dijo no, eso te lo acabas de inventar, lo que de verdad quieres es mi teléfono e invitarme a salir uno de estos fines de semana, de ser posible el próximo, Sebastián debió reconocer que no estaban en la misma categoría ni nunca lo estarían.

Las luces de la casa estaban apagadas.

Abrió la puerta, se detuvo en el umbral. Miró hacia el parque cruzando la calle de la Cascada, hacia los columpios y resbalines chirriantes en los que a veces, en noches estrelladas, se sentaba con Nikki a intercambiar relatos de la infancia y la adolescencia y de corazones quebrados en escarceos amorosos. Pulpita wawita. Un niño hacía volar un cometa tembloroso ante el avance de la noche, su estela desvanecida en el aire inquieto. Un grupo de jóvenes del barrio al otro lado del parque jugaba básquetbol en la cancha a la izquierda. Había visto varias veces a uno de ellos correr hacia los autos que se detenían al borde de la cancha con el motor encendido, y entregarle algo al conductor, que desaparecía violentamente. La vecina del piso de arriba, una gorda apodada Mamá Grande que casi todas las noches hacía bulliciosamente el amor con su esposo, le había contado que esos chiquillos vendían droga. También le había dicho que eran ellos los responsables del graffiti insultante a Montenegro, que predominaba en las paredes de las casas al otro lado del parque. *Presidente asesino: nunca olvidaremos tus muertos. Montenegro vendido a los yanquis: la Coca es nuestra, recuperarla es un deber.*

Había sido un tonto, debía haberlo supuesto. Las últimas semanas, ella había llegado más tarde que él. Después de sus clases, se iba a un bufete de abogados donde estaba haciendo una pasantía, y donde el doctor Donoso, corbatas Calvin Klein y pelo entrecano, la miraba con lujuria apenas contenida. No debía haber aceptado que ella trabajara allí. Pero, ¿acaso podía oponerse? Ella no había pedido su opinión; simplemente, le había informado.

No era bueno sacar conclusiones apresuradas.

Encendió la televisión, puso a los Picapiedras. Sintió el olor a orquídeas del ambientador que usaba Nikki para el living. La luz azulada se apoyó en la mesita al centro y en el estante de libros y en las plantas que no habían regado ese día. Con el iluminado espacio del acuario a sus espaldas –escalares desganados, peces espada sin cargos de conciencia–, Sebastián se tiró en el sofá y pensó en cuerpos sin cabeza, en cabezas sin cuerpo.

La cabeza de Laetitia Casta y el cuerpo del Subcomandante Marcos. La cabeza de Diego Maradona y el cuerpo de Anna Kournikova. Trotsky y Salma Hayek. Margaret Thatcher y Vargas Llosa. Jennifer López y Ralph Fiennes. El presidente Montenegro y Daisy Fuentes. La Madre Teresa y Tuto Quiroga. Joan Manoel Serrat y Shakira. Cameron Diaz y Andre Agassi. Eduardo Galeano y Arantxa Sánchez-Vicario.

El periódico había aumentado sus ventas los domingos y gran parte del éxito era atribuida al juego combinatorio digital de Sebastián. Él prefería pensar que el logro se debía a Fahrenheit 451, la revista que, a pesar de mantener el poco inspirado nivel de su época en blanco y negro —Elizalde era el pirata de la internet y de los kioskos, se la pasaba saqueando revistas y periódicos brasileros y argentinos—, había alcanzado un nivel de diseño gráfico que enorgullecía a Junior y a Alissa (el color y las fotos vendían hasta los textos más insípidos).

Sin embargo, Sebastián también sabía que sus Seres Digitales habían causado un fuerte impacto. *Las Quimeras* —así las llamaba Braudel— que creaba eran reconocibles a simple vista por el acoplamiento perfecto de los personajes empleados y por los colores supersaturados. Era un apasionado de los colores intensos, y así como pintaba sus fotos le hubiera gustado pintar las fachadas de las casas de amarillo chillón y los edificios de turquesa y las iglesias de anaranjado. Los objetos y los seres, para cobrar vida, debían adquirir colores hiperkinéticos, que inundaran las retinas de luminosidad, que sacudieran los nervios como cuando uno se apoyaba en una torre de alta tensión durante una tormenta.

Sebastián jamás había reconocido públicamente que era el creador de esa página. A lo sumo, cuando terminaba de diseñar el Ser Digital de la semana, escondía a manera de firma una S estilizada (el cuerpo alargado y los extremos cortos, como una integral) en algún recóndito lugar del rectángulo, al estilo del conejito de Playboy pero aun más difícil de encontrar: a veces, gracias al *zooming*, miniaturizada tanto que era imposible verla a simple vista. Prefería el anonimato, saberse creador pero que los otros no lo supieran: la zona de sombra le daba cierta sensación de poder, lo preservaba del desgaste y le hacía sentir que era un titiritero manejando los hilos de la acción. Pese a ello, la gente lo paraba en la calle y le preguntaba con admiración si no era el creador de Seres Digitales. La ciudad era chica, los rumores corrían. Se negaba, sorprendido por su súbita fama y pensando que la magia se desvanecería tan pronto se supiera que cualquiera con una buena computadora en casa y un aceptable dominio de Photoshop podía hacer lo que él hacía. Incluso le habían pedido autógrafos en Tomorrow Now. Así como a él le sorprendía cada vez que veía un avión surcar el cielo –¿cómo lo hacían?–, o cuando el insistente ring del teléfono lo sacaba de una siesta y, todavía sumergido en el estupor, escuchaba una voz en el auricular –¿qué frecuencias habitaba, de qué universo venía?–, mucha gente (más los mayores que los jóvenes) todavía tenía una actitud reverencial hacia ese monstruo estilizado que, desde mesas de escritorios y oficinas, se pasaba el día, y la noche, y las semanas, y así *ad infinitum*, escupiendo emails y juegos y presupuestos y novelas y seres digitales. Río Fugitivo era, a pesar de su aparente sofisticación urbana, muy pueblerino. El cambio tecnológico nos agarró en media res, se dijo Sebastián citando a Pixel. Daba para reír cuando uno pensaba que todo eso sería tan natural para sus hijos.

Un jueves por la mañana, sonó el teléfono en el Cuarto Iluminado y una mujer pidió hablar con Sebastián. Braudel, que dibujaba con CorelDraw en la computadora (una plaza desierta y llena de restos de columnas, un obvio homenaje a Chirico para ser utilizado en una propaganda de una compañía de seguros), le dijo que esperara. Le preguntó a Pixel, que visitaba *fitness-centerfolds.com* e imprimía una foto de Cori Nadine, si había visto a Sebastián.

—¿De parte de quién?

—De una revista de La Paz. Queremos entrevistarlo.

—Está por ahí. Lo vi hace un rato.

Sebastián apareció con una Hola en la mano. Pixel lo miró moviendo la cabeza de arriba a abajo, impresionado. Había creado un monstruo: no pasaba mucho tiempo desde aquel día en que Sebastián había aparecido en la oficina con la petulancia de sus años, quejándose de alguna tontería. Tampoco pasaba mucho tiempo desde que la cabeza del Che y el cuerpo de la Welch se habían impreso en el imaginario citadino como partes inseparables de un todo. Ahora a Sebastián lo buscaba la fama, mientras él, sin cuya imaginación visionaria los Seres Digitales no hubieran abandonado una computadora y comenzado a adquirir vida propia, era ignorado sin misericordia. Había creado un monstruo que creaba monstruos.

—¿Algo interesante? —preguntó con tono casual, apenas Sebastián colgó.

—Nada —respondió Sebastián—. Le dije que no quería publicidad.

Lo cierto era que la llamada lo había intrigado. La mujer le dijo que no se trataba de una entrevista, sino de una «oferta muy interesante». Había quedado en encontrarse con ella esa misma tarde, en un café alejado del centro. No perdería nada escuchándola.

Pixel se dijo que hasta los monstruos podían terminar siendo devorados. Eso lo había aprendido jugando Pac-Man.

Al salir, Sebastián se cruzó con Alissa y Valeria Rosales. Discutían. La Rosales era una columnista que tenía la costumbre de meterse en líos por pasársela denunciando la corrupción de las juntas vecinales, el comité cívico, los sindicatos, la alcaldía y la prefectura, todos los organismos públicos susceptibles de corrupción (que eran todos los organismos públicos).

A Sebastián se le había ocurrido pedirle a Alissa un aumento de sueldo. Ella podría convencer a Junior. La vio tan metida en su discusión, que siguió su camino sin decir nada.

El Mediterráneo tenía las paredes llenas de fotos de artistas de la época dorada de Hollywood. Era pequeño, y se respiraba un olor a granos frescos de café y a cigarrillo. Había poca gente, y Sebastián supo quién era la mujer apenas entró. Se acercó a su mesa en el fondo.

—Isabel Andrade —dijo ella extendiendo la mano. Tenía una minifalda negra y botines de gamuza, un agitado escote en ve en la camisa azul marino. Sebastián percibió que tenía las mismas cejas finas y oblicuas de Nikki. Ella se levantó y le extendió la mano.

—Bond. James Bond —dijo él con una mueca burlona, no había podido evitar la broma. El pelo rubio recogido en un moño, el pañuelo en el cuello: azafata o ejecutiva de cuentas. Otros la hubieran encontrado linda; él no, o sí, pero de manera inofensiva.

Sebastián resopló —a veces le faltaba aire, era raro, no fumaba mucho y de vez en cuando iba al gimnasio, debía hacerse chequear—, y tomó asiento. Pidió una limonada al mozo. Isabel pidió un café con leche.

—Usted dirá —dijo Sebastián.

Isabel miró alrededor suyo, como cerciorándose de que no la espiaban. Sacó unas fotos de su cartera y las puso sobre la mesa. Eran las fotos de una parrillada. Sebastián vio rostros satisfechos de políticos conocidos, las cervezas en la mano y las mesas llenas de platos de asados con papas y soltero y *llajwa*. Se le abrió el apetito, pediría un sandwich de jamón y queso. ¿Lo estaría esperando en su computadora un email de Nikki? Jugueteó con la rosa de plástico en el florero al centro de la mesa. ¿Soñaban los androides con rosas artificiales?

—¿Y?

Isabel tenía una foto en la mano. Se la mostró con cuidado, sin soltarla. Había sido tomada en la misma ocasión. En ella, el presidente Montenegro brindaba con Ignacio Santos, alias el Tratante de Blanca. Los ojos saltones, la nariz como rota por un puñetazo, la mandíbula de Pepe Cortisona, la barriga del ejecutivo sin tiempo para hacer ejercicios y con el poder suficiente para no importarle. Era él, era el Tratante. Y ésa era la famosa foto de la que hablaban los periódicos y los informativos en la tele: la foto del Narcogate (los periodistas eran la gente menos creativa del planeta; desde Watergate que habían entrado en una parálisis mental a la hora de bautizar crisis políticas). La foto que probaba los vínculos entre Montenegro y el narcotráfico, la que confirmaba que él había financiado su campaña con el dinero de las arcas del Tratante, y que le servía a Willy Sánchez, dirigente máximo de los Cocaleros, para montar una campaña acusando al presidente de hipócrita, con una mano erradicando cocales para complacer a los yanquis y con la otra abrazándose con los narcos.

Sebastián la tocó como si se tratara de una reliquia: ésa era la foto original. Pero no, en realidad lo que debía tocar era el negativo, sólo los negativos eran únicos, era suficiente uno para permitir la multiplicación de los panes.

Isabel jugaba con una hebra suelta de su cabello.

—¿Podría... —dijo—, podría hacer que el General desapareciera?

—De poder, puedo. Claro que sí, es lo más fácil del mundo. Es más, es tan fácil que no veo por qué se toma la molestia de buscarme.

—No crea que no lo hemos intentado. Hemos conseguido una que otra muy buena, pero en general hay colores que no cuajan, o se nota la sombra que deja la figura desaparecida. Entonces se nos ocurrió, hay que darle al César lo que es del César. Si podemos contratar a Picasso, ¿para que conformarnos con un pintor de brocha gorda?

Isabel sonrió. Sebastián debía reconocer que cualquier persona que elogiara su arte le caía bien y podía llegar lejos con él (así lo había conquistado Nikki). Y era muy cierto que cualquiera podía manipular una imagen en la computadora, pero eran los mínimos detalles los que separaban al verdadero artista–técnico de la multitud. Las expresiones y las capas de colores que uno manipulaba en la pantalla debían definirse con números para cuya precisión a veces se necesitaban hasta seis decimales. Y el juego de luces y sombras, la forma en que éstas caían en la imagen... Parecía fácil, pero no lo era.

—¿Quiénes me quieren contratar?

—Todo esto es confidencial, por supuesto.

—No se preocupe.

—El Ministerio de Informaciones. Trabajo en la Ciudadela.

Así que era cierto que la Ciudadela se había vuelto a poner en marcha, y que ahora estaba en manos del gobierno.

Se le ocurrió que esa mujer le estaba pidiendo de manera inocente algo nada inocente. La desfachatez de los tiempos, la corrupción no explicada a los niños. Acaso la culpa la tenía Elizalde: todos sabían que era un asalariado del Ministro de la Presidencia –el Salmón Barrios–, que éste le pagaba una mensualidad para defender su política agresiva de erradicación de cocales en sus mediocres editoriales en Fahrenheit 451. Junior lo sabía, pero decía que no podía hacer nada porque los periodistas eran muy mal pagados y a veces no les quedaba otro recurso que la corrupción (ésa no era razón suficiente: ¿y Valeria Rosales?). Prometía que apenas pudiera pagarle mejor a Elizalde, lo despediría. Y esta mujer que trabajaba para el gobierno seguro sabía de Elizalde y compañía y pensaba que cualquiera que trabajaba en el periódico estaba al alcance de las arcas del gobierno, siempre abiertas cuando se trataba de ese tipo de cosas.

Isabel dijo una cifra y Sebastián, molesto, debió reconocer que le atraía la idea. ¿O debía pensarlo un poco más? Era un trabajo muy fácil para el Picasso de la fotografía digital. Nadie se enteraría, y tendría unos pesos extra para pagar algo de sus deudas, para sorprender a Nikki con una ida a un restaurante de lujo y ropa interior y perfumes. ¿O debía pensarlo un poco más?

—Esto, por supuesto —dijo ella—, queda entre usted y yo.

—¿Y qué va a hacer con la foto?

—Usted ocúpese de su trabajo, yo del mío.

—¿Y el negativo? Por más que yo haga mil cosas con la foto, mientras exista el negativo...

—Ocúpese de su trabajo, yo del mío.

—Veré que hago.

—Ya comenzamos a entendernos. Volveré mañana a esta misma hora.

—No le prometí nada. Sólo le dije que lo vería.

La mujer dejó unos pesos en la mesa y se levantó.

Sebastián se quedó con la foto entre las manos, pensando sin querer pensarlo que había corrupciones y corrupciones, que lo suyo no se comparaba a lo de Elizalde, sería una sola vez, un *quickie*, pensando sin querer hacerlo que de ese encuentro ya desvanecido en el tiempo –pero no en ese rectángulo– no quedaría rastro alguno una

vez que él lo manipulara con talento y cariño y
perfidia.

Esa noche, Sebastián cocinó un bife a la pimienta y estuvo varias veces a punto de contarle a Nikki de la foto, sobre todo cuando ésta apareció en uno de los noticieros en la tele. Nikki, descalza y con un polerón amarillo que le llegaba a la mitad de los muslos, hizo un comentario acerca de la hipocresía del gobierno. Bien hecho, eso nos pasa por elegir a un tipo con semejante pasado, dijo moviendo la cabeza. Sebastián se sintió como un chiquillo con ganas de mostrarle a la vecina lo que le acababan de regalar en la Navidad. Tuvo que aguantarse: había prometido no decirle nada a nadie. Aunque ella sabía todo de él, o al menos terminaba sabiéndolo...

Nikki. Cuando no lo miraba, la observaba de reojo y caía en precipicios sin mesura. El polerón bajo el cual palpitaban sus pechos redondos y separados. La tez mate, las largas uñas de los pies pintadas de púrpura. Anillos de plata en todos los dedos de la mano derecha, una amatista de color púrpura claro en el cuello. Su pasión por tangas tan ínfimas que solían extraviarse entre orificios. Estaba enamorado y se sentía débil. Recordaba tantas relaciones en las que había llevado las de ganar, protegido por su incapacidad para el amor mientras sus parejas se desarmaban, ciegas, ante su terca muralla, dando todo de sí y no encontrando nada a cambio. Cuatro años atrás, Ana, su primer amor, había aparecido una madrugada a la puerta de su casa para comunicarle que se casaba con su profesor de computación. Desde entonces, Sebastián se había vuelto sobre sí mismo y había encontrado su fortaleza en la indiferencia, en la mirada que no miraba, en la infidelidad sin remordimientos. Y entonces, entonces Nikki.

Ella lavaba los platos y él, sentado sobre la apelmazada alfombra crema, observaba, en la pared al lado del televisor, una foto inmensa de ambos del día de su matrimonio, ella mirando al fotógrafo con una media sonrisa, un ramo de rosas rojas entre sus manos, y él ladeado mirándola, el terno negro y un clavel en la solapa. Sebastián observó una de esas rosas, en diagonal y con la cabeza caída y mustia mientras sus compañeras apuntaban erguidas hacia la barbilla de Nikki. ¿Qué hacía esa rosa incongruentemente desalentada en una composición cuyo objetivo era capturar la radiante plenitud del momento, lograr que ese instante persistiera en el alborozo aunque con el tiempo la pareja cambiara, y apareciera quizás el aburrimiento, y también el desamor, y acaso el odio? Un descuido del fotógrafo, dejar esa rosa descolocada.

Escuchaba a Nikki contarle de su día y pensaba que ella no había hecho nada que ameritara sospecha, se había entregado a él con la orgullosa confianza del amor correspondido. Estaba llena de esos gestos que las mujeres esperaban de un hombre pero no solían encontrar con facilidad: arreglaba su ropa en la mañana cuando tenía que salir al periódico (las arrugas de la camisa, la combinación de colores), le ponía dulces en los bolsillos, le enviaba al periódico tarjetas virtuales y ramos de rosas, dormía prendida de él en las noches como si tuviera miedo a que él la dejara –soy un pulpo, susurraba, soy un pulpo y te dejaré sin aire–, lo empalagaba de besos y le había enseñado a usar ese vocabulario infantil que toda pareja que se preciaba de serlo debía tener, esos ladrillos y maullidos y frases incomprensibles –para otros– con una lastimera voz de bebé. Debía ser justo con Nikki: le había dado mucha seguridad.

—Tengo ganas de ir al cine.

—Me da flojera. Si quieres alquilamos un video.

—Te noto pensativo.

—No es nada.

—¿Por qué no cambias de canal? Me aburren las noticias.

Sin embargo... Quizás era su incapacidad de definirla del todo. Él era de gustos simples, de vocación lineal y definida. Ella, en cambio, sobrevolaba por la vida al socaire de los vientos alisios y encontraba encanto en esa libertad sin boyas. Estudiaba abogacía pero desconfiaba de la ley, era una fanática del cine y la televisión pero pensaba que tanta proliferación massmediática no llevaba más que a la incomunicación y quizás lo mejor era que no se hubiera inventado la electricidad, que Edison no hubiera existido. No se perdía las telenovelas de mayor audiencia, pero también leía novelas (¡de más de 400 páginas! ¡Bryce Echenique!), y se derretía leyendo y releyendo *Las aventuras de Winnie-the-Pooh*. Criticaba las imágenes de felicidad y belleza que vendía la publicidad, pero a cierto nivel creía en ellas, y compraba champús y perfumes siguiendo sus consejos. Cuando iba al supermercado, ahorraba centavos al elegir los detergentes más baratos, pero era capaz de desprenderse de sus ahorros sin pensarlo mucho cuando se topaba con un par de zapatos que la conmovían (decía que no había nada más erótico que los zapatos). Decía ser sólo para él, pero tenía agresivas fantasías sexuales, que siempre incluían a alguien más –en general, una mujer– y lo aterrorizaban, amenazando su instintivo sentido de la posesión exclusiva de la persona amada. ¿Así era ella, o eran así todas las mujeres? Siempre un enigma más allá de la limitada capacidad del hombre para resolverlo. Demasiada sutileza, demasiados matices.

Ella apagó la luz y fue a echarse al sofá, su cara refugiada bajo las hojas enormes del helecho en la maceta del rincón. Besó en la frente a Sebastián, que jugaba con el control. MTV: una imagen de Michael Jackson con la tez tan clara que parecía albino. Pobre Michael, se había sometido tantas veces a cirugías estéticas y cambios de pigmentación en la piel, sin sospechar siquiera que algún día, en un futuro no tan futuro –un futuro que ya había llegado y que había vencido al presente sin que éste se diera cuenta–, los algoritmos lograrían mucho mejor y con más facilidad que los bisturís el cambio que buscaba con tanto afán.

—¿Es ésa su nueva versión? —dijo ella—. Cada vez más blanco el pobre.

¿Era ése Michael? Sebastián ya no se hacía esa pregunta. Era inútil hacérsela, una pérdida de tiempo. La tecnología digital había alcanzado un grado de sofisticación tal que podía crear versiones de la realidad más verosímiles que la misma realidad. Ya no importaba tanto si sí o si no, sino cómo, con qué programa, con cuánto presupuesto. Sebastián suspiró: las cosas que podría hacer con un cuarto del dinero del que disponía un diseñador promedio en Silicon Valley...

Ella le quitó el control y cambió a una película en blanco y negro en un canal de clásicos. Sebastián se mordió la lengua para no decir nada: no soportaba esas películas descoloridas. Una de sus primeras citas, ella lo había llevado a la cinemateca a ver *Un tranvía llamado deseo*, y él no aguantó ni diez minutos: el progreso tecnológico debía servir para algo, y si ahora se podían colorizar las películas, ¿por qué no?

¿Cambiaría de canal? Nikki era de esas personas con complejos de culpa por sus huecos culturales e históricos, cada vez que hacía *zapping* y se encontraba con un canal de noticias o documentales o clásicos, se sentía obligada a quedarse ahí al menos unos minutos, por más que en realidad tuviera prisa en llegar a su telenovela o a Bugs

Bunny. El *zapping* convertía a muchos en seres culpables, incapaces de gozar plenamente de su superficialidad, de admitir que les interesaba más enterarse de los últimos chismes de Hollywood que de lo que ocurría en Bosnia o Ruanda.

Al fin, Nikki cambió a *Atrévete a soñar*, la telenovela brasilera del canal siete. Sebastián la miró un rato, su mano derecha apoyada en el muslo izquierdo de Nikki, que iba perdiendo elasticidad. Olfateó su perfume dulzón. Era un olor nuevo, penetrante, que convocaba a jazmines en primavera. Se puso tenso. Desconfiaba de los cambios de perfume y de ropa interior, de los nuevos cortes de peinado, de la más mínima alteración a la rutina establecida. ¿Sería posible que...?

Debía controlarse: ella no había hecho nada, y él andaba como desaforado sabueso en busca de la droga oculta en el fondo doble de alguna maleta. Demasiada seguridad lo tenía vacilante y confundido. Y no quería pensar cómo estaría si Nikki le diera de verdad motivos para desconfiar...

—Rico tu perfume.

—¿Te gusta? A mí *so so*.

—¿Es nuevo, no?

—Qué idiota que eres, Sebas. Lo llevaba puesto la primera vez que salimos. Lo que pasa es que hace rato que no lo uso.

Sebastián se levantó. Fue a asegurar la puerta. Vio a través de la cortina de seda semitransparente el parque vacío en la penumbra, los árboles de ramas desnudas que apuntaban hacia arriba en actitud oratoria y servil, la escasa potencia de la luz de sodio del alumbrado público. Con razón se había convertido en un reducto de vendedores de droga.

Se quedó mirando el parque un buen rato. ¿Cómo habría sido el hombre del que Nikki se enamoró tanto que dejó el último año de colegio para casarse? Guillermo. Tanto amor, que había tolerado no estudiar y ser una ama de casa para él, y había aceptado sus celos enfermizos y sus infidelidades, y al final incluso unas cuantas golpizas antes de armarse de valor y dejarlo. ¿Cómo podría haber amado a otro hombre antes que a él? Guillermo tenía la culpa de sus traumas y sus fantasías: ahora lo que quería Nikki era dos cosas contradictorias a la vez, la seguridad a largo plazo del casamiento pero también el disfrute del instante, la recuperación del tiempo perdido. Y quizás ni siquiera había dejado de amarlo, uno nunca sabía.

Debía controlarse.

—¿No vienes, amor?

—No tengo ganas de ver tele.

—Había una carta para ti en el correo. La puse sobre tu mesa.

Sebastián encontró la carta en su escritorio. En la pared a la derecha de la entrada había pósters de Clint Eastwood en *En la línea de fuego* y Tom Hanks en *Forrest Gump*, películas que admiraba no tanto por sus argumentos tontos sino por la maravilla de sus trucos digitales. No le interesaba conocer algún día a los actores o a los directores, que hacían, después de todo, un trabajo ordinario;

hubiera preferido conocer a los encargados de reemplazar a un agente del servicio de seguridad de Kennedy en una cinta de la época con Eastwood treinta años después. A los que habían logrado que Hanks le diera la mano a Kennedy. Claro, hoy por hoy hasta las películas más artísticas y con menos pretensiones comerciales, aquéllas sin naves intergalácticas o atléticos dinosaurios o cometas a punto de destruir la tierra, no se libraban de lo digital: una auténtica pornografía de efectos especiales. La niebla en una película de época como *Sensatez y sentimiento* había sido creada digitalmente, al igual que la tormenta en *The Ice Storm*. Al final, Sebastián terminaría admirando a aquellos realizadores capaces de hacer una película sin recurrir a un solo truco digital.

Qué cambiado estaba su escritorio. El que tenía cuando vivía en casa de su hermana era un Elogio al Desorden, un cuarto en penumbra con revistas y papeles tirados en el suelo junto a latas de Coca-Cola y ceniza y zapatos y pitillos de marihuana. Cuando debía buscar algo revolvía pilas que se iban acumulando de hojas y recortes de periódicos, sabía del lugar aproximado donde lo encontraría pero nada más, y a veces su memoria lo engañaba y debía revolver todo el recinto. Y ese aire rancio y ese olor a hombre como afilado estilete en las venas. Así se había imaginado que trabajaban los Artistas Bohemios como él. Pero Nikki vino y se adueñó del piso con sus ambientadores de múltiples aromas y su exaltada adoración del orden. Todo en su lugar, hasta los lápices y los lapiceros en formación en una esquina del escritorio, al lado de la computadora, un escuadrón azul y otro rojo y otro negro esperando la llamada al combate. Los periódicos se acumulaban en una pila, las revistas en otra. Y había mucha luz y todo olía a limón y las cartas recién llegadas esperaban a Sebastián en un receptáculo de latón para cartas recién llegadas.

Abrió la carta: era su papá escribiéndole con su letra de disléxico desde algún lugar en las montañas de Colorado. Hacía al menos diez años que no lo veía, pero recibía puntualmente una carta al mes (y le contestaba haciendo un esfuerzo, tan arcaico eso de escribir cartas). Su papá, que meses después del divorcio había conocido a una de esas americanas rezagadas en los 60, con vellos en las axilas y pájaros en la cabeza y granola en el desayuno y un plan para derrocar al gobierno en el bolsillo. Terminó siguiéndola y viviendo con ella en una comuna a las afueras de Berkeley, una ciudad que hacía esfuerzos para justificar su fama de hippie y contestataria, ganada en su debido momento con mucha naturalidad pero ahora, le pareció a Sebastián de acuerdo a lo que su papá le contó, apenas un desangelado resplandor. Cuando la americana murió mientras preparaba, con un grupo de amigos anarquistas, una bomba casera con la que iba a atentar contra el rector de la universidad de Berkeley —por nada en especial, sólo porque era rector, un símbolo del establishment—, papá se refugió en Colorado. Vivía en una cabaña sin electricidad, no sabía de teléfonos ni de computadoras ni de autos, era un tecnófobo que en sus cartas lanzaba denuestos e imprecaciones contra el complejo industrial-tecnológico. *My Own Private Unabomber.* Nunca olvidaba preguntar por la suerte del River Boys. A Sebastián lo conmovía esa preocupación deportiva, del River Boys no quedaban ni rescoldos de su grandeza, y ahora con tantos partidos en la tele sus amigos y él preferían ser hinchas de equipos italianos y argentinos (Sebastián era del Juventus y de Boca, y le gustaba el Liverpool por el chico Owen). A su papá lo conocía como «El Último Hincha». Por toda respuesta a sus preguntas, escaneaba fotos del periódico en las que se veían las tribunas vacías del último partido de los Boys, y luego procedía a llenarlas con gente robada de fotos del fútbol argentino, y las acompañaba con un pequeño relato de lo bien que le estaba yendo al equipo, pronto volvería a la Libertadores.

Dejó la carta a un lado –las mismas quejas contra los sospechosos de siempre, la CIA y el FBI y el Pentágono– y se dijo que su papá no lo creería si supiera qué hijo había dado al mundo. Tan diferentes, tan opuestos que era cómico, podía dar lugar a una de esas maniqueas películas televisivas, Padre apocalíptico, hijo integrado. Los genes se las ingeniaban para esconderse de una generación a otra y reaparecer en el momento menos pensado y de la forma menos imaginada. Encendió la Power Mac instalada sobre la mesa llena de fotos y papeles y revistas y disquetes, al lado de la impresora y del escáner. Se había endeudado al comprar toda esa parafernalia un par de meses atrás, pero no le quedaba otra, no quería que en casa de herrero cuchillo de palo. Era, además, su único lujo: Nikki hubiera preferido un auto, pero él justificó la compra diciendo que era vital para su trabajo, y la ciudad era, en el fondo, chica, había un adecuado sistema de transporte y el auto podía esperar. La Power Mac tenía un nombre: Lestat.

El álbum de su matrimonio estaba en un estante a la izquierda, sobre manuales fotocopiados de Photoshop y otros programas. Se puso a hojearlo mientras esperaba a la computadora: los ojos fulgurantes de felicidad y alcohol, los bailes y la torta y el momento en que sacó el portaligas de Nikki con los dientes, y los amigos de la infancia para emborracharse gratis y darse cuenta que envejecían. Había álbumes por todo lado, la mayoría de ellos de Nikki. Quería archivarlos en la computadora, pasar todas las fotos a Photomanager, un programa que había copiado de TP (donde, gracias al consultor uruguayo, muy simpático, con más pinta de futbolista que de creativo, se estaba creando un archivo digital de todas las fotos que poseía el periódico). Quería hacerlo, pero le daba flojera, y lo postergaba para otra ocasión que jamás llegaba.

A él no le gustaba mucho sacar fotos, comenzaba un rollo y se olvidaba y lo volvía a él tres meses después, de modo que cuando revelaba algo siempre se encontraba con instantes olvidados ya hace tiempo. Nikki, en cambio, era una fanática, y sacaba fotos a todos los momentos que creía dignos del recuerdo (que eran muchos: un gato durmiendo en un callejón, jacarandás en flor a la salida del periódico, él recién despierto y con los pelos parados). Era pésima fotógrafa, y pese a sus años de práctica seguía olvidándose de los efectos de la luz en las superficies que enfocaba, y sus encuadres resultaban con cuerpos y cabezas mutiladas. Le fascinaban los paisajes sin personas, algo que Sebastián nunca lograría entender (si uno no quiere personas en su foto, ¿no sería mejor comprarse postales?). Pese a su escaso talento fotográfico, era muy orgullosa y le había prohibido, salvo contadas excepciones, que Sebastián intentara corregir defectos. Hay que respetar los resultados naturales, decía ella, al menos los míos, y Sebastián comentaba con sorna en casa de herrero prestidigitador, cuchillo predigital. Ella lo ignoraba y, con parsimonia y disciplina, apenas recogía un rollo revelado en los estudios Photofinish, incorporaba las fotos a un álbum de hojas engomadas, y escribía al pie cosas como enero/rf/con sebas de compras.

Cerró el álbum. Sacó la foto que Isabel le había dado, y la escaneó mientras revisaba su email (apenas dos líneas apuradas de su hermano mayor, que vivía en Santa Cruz y trabajaba como economista en una compañía que se encargaba de buscar mercados para productos nacionales alternativos como la quinua y la cerveza). La imagen apareció en la pantalla. Se distrajo y se quedó mirando, sobre Lestat, una foto de Nikki y él abrazados y sonrientes en la playa de Antigua. No la había tocado. Bueno, sí: había removido un borroso transeúnte que cruzaba la escena a la derecha, y le había añadido una gaviota al cielo. Eran, en todo caso, retoques superficiales, cambios que no contaban pues no alteraban el espíritu de la foto (a diferencia de otras fotos suyas en las paredes, como la de su mamá, a la que le había borrado las arrugas). Había sido sacada con la Olympus de Nikki: tantas cámaras, había que pelearse para ver quién tomaba las fotos, cuando encontraban a alguien dispuesto a sacarles una a veces le daban las dos cámaras (la suya era una anticuada Vivitar), y cuando hacían revelar las fotos encontraban que los segundos que separaban a ambos encuadres bien valían una misa, y no sólo eso, también las cámaras tenían diversas maneras de interpretar el juego de luz y de sombra que aparecía delante suyo, de modo que el mismo instante nunca era el mismo, ellos podían vivir tantas vidas como quisieran al mismo tiempo, todo dependía de la cantidad de cámaras que los capturaba.

Recordaría esos días en Antigua como los únicos en que, al calor del Caribe y al compás de una brisa que acariciaba su piel con alborozo, no había pensado en delitos de alta traición a sus espaldas. Acaso ése era el objetivo de las lunas de miel: fugaces espacios donde uno creía en la fusión de los cuerpos y las almas y nada ensuciaba la confianza, donde los únicos secretos eran los signos que los pasos de los viajeros escribían en la playa y que las olas del mar borraban con delicadeza.

Canalizaría su tensión en Montenegro y el Tratante de Blanca. Bajó menús, comenzó a jugar con los veinte millones de pixeles que tenía la foto. Al poco rato, se olvidó de Nikki y se perdió haciendo que el Tratante se desvaneciera de la imagen de modo que no quedara siquiera una estela de su fugitivo paso por la vida de Montenegro.

Sebastián estaba en la oficina de Alissa cuando por el intercomunicador le avisaron que lo llamaban. Debía ser Isabel.

—¿Es urgente? —preguntó Alissa con un gesto de burla o impaciencia o conmiseración en los labios—. Si quieres contesta de aquí.

—Puede esperar —dijo Sebastián tocando la foto y el disquete en su bolsillo. No se trataba de escrúpulos de último minuto, hacerla esperar era su pequeña y burda forma de vengarse de lo que ella le había hecho hacer. Sobre el escritorio se encontraba, al lado de una Compaq en cuyo *screen saver* el Titanic se hundía una y otra vez, una filmadora con la que Alissa solía pasearse por las oficinas del periódico y las calles de la ciudad, filmando lo que encontraba a su paso (acababa de filmar a Sebastián, le hizo una serie de preguntas íntimas sobre Nikki mientras su Samsung le hacía un *close-up*, él se ruborizó, no le gustaba que lo filmaran, ni siquiera las cámaras de vigilancia de los bancos. No le gustaba dejar su imagen desperdigada por todas partes, sombra sin materia).

Había una pila de compacts en una esquina del escritorio, comenzarían a ser incluidos en la edición del sábado de TP. El primero sería de música andina, luego vendría uno de tangos, Ricky Martin, samba, rap, tecno, Celia Cruz. El gancho perfecto, decía Alissa haciendo florecer una sonrisa que dejaba su laringe al descubierto, jugando con su collar de perlas nacaradas, cruzando y descruzando las piernas con su frenesí habitual. Las estadísticas no mentían: desde que Junior era el director del periódico, las ventas habían subido en un 28%. Algunos decían que la verdadera responsable del cambio era Alissa, y a Sebastián no le extrañaba. Alissa tenía una aguda inteligencia y una filosofía poco compleja pero efectiva: más importante que la gente leyera el periódico era que la gente lo comprara. Así se habían creado secciones prácticas, de cocina y de automotores, y se había eliminado sin contemplaciones el suplemento cultural (debido a que no podía autofinanciarse con publicidad). Así se habían incorporado las cuentas de colores de los fascículos de enciclopedias los viernes, y ahora los compact. Más fotos, más color, menos textos. Un periódico que parecía pedir disculpas por el hecho de que todavía había que leerlo. A ese paso, pronto eliminarían los textos de las noticias y se quedarían con los titulares (algunos estudios decían que la gente que había leído el titular y el texto de la noticia recordaba de ésta lo mismo que la gente que sólo había leído el titular). ¿Qué diría el papá de Junior? ¿Que un periódico sin suplemento cultural era cualquier cosa menos un periódico? Seguro deliraba en afiebrados insomnios, seguro no se imaginaba que la insolente y joven sangre de su sangre (insolente por lo joven)   tiraría por la borda décadas de prestigio bien ganado. Pero los números mandaban: por fin se había recuperado terreno y se competía de igual a igual con Veintiuno.

—No sé si mi primo te habrá dicho para qué quería hablar contigo —dijo ella, contestando el teléfono, diciéndole a su secretaria que no le pasara llamadas.

No era bonita, decidió Sebastián. Había que digitalizar su boca demasiado grande y sus ojos pequeños, hoy verdes (tenía lentes de contacto de todos los colores).

—No, no.

—¿Qué piensas de Elizalde? En serio.

—Apenas lo veo. No sé qué decir.

—La gente habla. Y habla, y habla, y habla, carajo.

¿Estaba enojada? Sonrió: no lo estaba. Sebastián miró las paredes color crema, el cuadro de Magritte al lado del ventanal inmenso desde el cual se veían los edificios en construcción que le estaban cambiando la cara al casco viejo de Río Fugitivo. Se le ocurrió que algún día, quizás muy pronto –el futuro hacía implosión sobre el presente, caía sobre éste como un vertiginoso satélite apenas ingresado a la atmósfera– uno podría elegir el pedazo de realidad que se apoyaría en las ventanas. Uno estaría en Río Fugitivo, trabajando frente a la pantalla, y apretaría un botón y aparecería de pronto el monumental contorno de los rascacielos de Manhattan –ruidos de helicópteros y ambulancias y acaso un gorila en la punta del Empire State–, y minutos después otro botón y de pronto las playas de

Copacabana y las garotas bronceadas con *fios* dentales y culos arenosos y el sonido cantarín y cartilaginoso del portugués, y otro botón y Roma ardiendo mientras Nerón tocaba el arpa.

—Elizalde —dijo Sebastián— es un mediocre que no merece ni el saludo.

—Así me gusta. ¿Qué más?

—No soy el más indicado para decirlo.

—Pero —se puso teatralmente las manos al cuello, como insinuándole a Sebastián que lo ahorcaría si no soltaba la lengua. La imaginó con el cuerpo de Don Francisco. Con la cabeza de Enrique Iglesias.

—Es muy informal. Aparece a la hora que le da la gana. Y...

—Y...

—Sus editoriales no son muy imparciales que digamos.

—Sí, sí, ya sabemos. La pregunta es la siguiente: ya que Pixel, tú y Braudel están después de todo a cargo de gran parte de Fahrenheit, ¿no se animarían a hacerse cargo de ella? Te lo pregunto a ti y no a Pixel porque... bueno, porque confío más en ti.

Hizo una pausa.

—Nuestro asesor está de acuerdo— continuó—. Dice que todos los cambios van a ser cosméticos si el material humano no está a su nivel. No puede ver a Elizalde, y también cree que eres el indicado para el puesto. Sobre todo para la siguiente etapa del cambio, porque sabes que todo esto es temporal.

Sebastián recibía elogios de todos lados. Era bueno sentirse apreciado. Acaso no era tanto su talento sino el hecho de que caía bien a todos, siempre andaba con un chiste bajo el brazo para aliviar las situaciones más distendidas (excepto con Nikki últimamente), y era más que generoso con su tiempo. Él decía que el secreto para tanta distensión era imaginar a sus interlocutores desnudos. O con cabezas o cuerpos incongruentes, o risibles uniformes, de monjas o bomberos y con Jim Carrey cantando *Singing in the Rain* en el *background*. Lo hacía mucho más desde que comenzó a trabajar en los Seres Digitales, pero en realidad lo había hecho desde su infancia. Imaginaba a la maestra gruñona con el cuerpo palúdico del director, y a su mamá, cuando renegaba, con las llantas grasosas de Pavarotti. Todavía guardaba primitivos collages que lo probaban, las fotos recortadas con tijera y pegadas con carpicola a la hoja de un cuaderno.

—Una cosa es diseñar la revista, y otra hacerse cargo de los textos.

—Pero has visto de dónde piratea Elizalde. Braudel se la pasa leyendo periódicos en la red, no creo que le costaría robarse unas cuantas cosas a la semana. No es tan difícil. No estamos satisfechos con Elizalde, pero tampoco quisiéramos contratar a otra persona. Por lo menos por este año, hasta que nos estabilicemos un poco. A la larga, queremos agrandar el Cuarto Iluminado. Tenemos mil planes, relanzar la edición *online*, etc.

Pixel le había contado que él y Braudel solían encargarse sólo del diseño del periódico. Un
día, a uno de los Torrico se le ocurrió abrir una
oficina de publicidad en el mismo periódico –así
se quedaban ellos con la comisión que les correspondía a las agencias–, y esa oficina se superpuso
a la de diseño gráfico. Lo que Alissa sugería ahora
era lógico, después de todo: si Fahrenheit 451 era
la revista en la que aspiraba a convertirse todo TP,
por darle prioridad a las fotos y gráficos coloridos
antes que a los textos, tarde o temprano esa pequeña y desordenada oficina en la que trabajaban
sin aire acondicionado terminaría convirtiéndose
en el centro de operaciones de TP. En vez de un
editorial a Rosales, se le pediría un dibujo llamati-
vo a Braudel.

—Déjame pensarlo —dijo Sebastián—.
Me cuesta decidir sobre estas cosas. Pero Pixel se
quedaría a cargo...

—De nombre nomás. Tú serías el que
realmente mueve los hilos.

Volvieron a llamar a Sebastián. Se levantó, Alissa también. Lo acompañó a la puerta haciendo sonar sus tacos en el piso de parquet recién lustrado. Tenía una falda de tubo que le
ceñía la cintura, las pantorrillas gruesas y duras
de mujer de cuatro días a la semana en el gimnasio. Sebastián se preguntó si ella habría alguna vez hecho el amor en su oficina, sobre su mesa, las luces apagadas y la luz exigua del
atardecer entrando por el ventanal y bañándola
con un fino polvillo dorado (la Samsung encen-

dida, los videos porno de amateurs estaban de moda). Era casada, pero decían que Lazarte, el canoso encargado de la sección deportiva, era su amante. Decían que ella lo mantenía, que cada vez que Lazarte aparecía con ropa nueva la culpa era de Alissa.

—¿Te pasa algo?

—No, nada.

Sebastián se dio la vuelta y se dirigió a su oficina con paso rápido. Alzó el auricular. Era Isabel.

—¿En el Mediterráneo, a las cuatro?

—Estaré allí.

—Un hombre alto se te acercará. Dale lo que tienes que darle.

Colgó. Hubiera preferido volver a verla. Ella le hacía pensar en Nikki. Debían ser las cejas. Palpó la foto y el disquete en el bolsillo. No estaría tranquilo hasta librarse de ellos.

Pocos días después, en Tomorrow Now, abrazado a Nikki, ahogándose en su perfume dulzón y charlando con sus amigas, Sebastián vería la foto manipulada en los noticieros. Los periodistas decían que el Ministerio de Informaciones había entregado una copia de esa foto a los organismos de prensa, y que la posición oficial era que ésa era la foto original, la anterior había sido un montaje de la oposición (lo probaban mostrando copias mal hechas). En cuanto al negativo, no aparecía por ninguna parte. Sin éste, el gobierno no podía confirmar la veracidad de su postura. Pero al menos, con el trabajo de Sebastián, confundía a la opinión pública.

Mientras Nikki decía que por ley uno jamás debía confiar en la versión del gobierno, Sebastián, una Heineken en la mano, pensaba que el mejor elogio que le podían hacer era no distinguir entre el original y su versión manipulada. Y qué gozo especial, saberse culpable de algo del que nadie sabía que era culpable, ni siquiera a través de rumores indiscretos. Protegido por la zona de sombra, miraba el impacto de ese guijarro digital en las aguas estancadas de la realidad. Las ondas expansivas no tardarían en formarse, con su sabiduría circular y multiplicatoria.

sebas no me encontrará me buscará por todas partes cruzará puentes tras la pista húmeda me
buscará incluso en su cama al lado suyo me tocará
y no me encontrará corazón tan blanco está ciego
como yo lo estuve no es culpa suya no lo es de
quién es de nadie ni siquiera de guille mía en todo
caso pero ya no es la hora de ya todo ocurrió así
las cosas siguen su curso y ya está pulpito wawita
tanta ternura si da para bueno no tanto pero da
para conmoverse y no debería llamarlo guille nunca más guillermo sí hijo de puta mejor la paz me
ofrece muchas cosas por lo menos más que esta
ciudad que se las da de abierta y progre y es puro
fachada pero no soportaría cruzármelo en la calle
o encontrarlo por ahí borracho una se cansa de todo tanto amor dónde se fue y cuándo comenzó
todo cuando dije sí cuando debí haber pensado
más en mí hay un tiempo para todo pero no podía
decir no fácil es ahora ver las cosas con experiencia
fácil es ahora pero ese día esa noche no podía decir no sí sólo sí cuántos años tenía qué tonta ahora
es fácil ahora tampoco si me aparecería me derrito
o qué no el de hoy el de antes el que conocí primero ese churro y con muchos planes y todavía
no le hacía al trago o sí pero yo no lo veía típico lo

mismo que sebas que no ve nada malo no he hecho nada malo bueno cositas nada grave pero
igual una se confunde todo tan rápido y pensar
que la culpa no es de sebas él no quería y yo por
qué no había escarmentado seguro que sí no se
trataba de eso era el miedo era el miedo qué difícil
estar sola para mí quizás otras puedan para mí
complicado hecha a la libre y lo primero que hace
es buscar seguridad protección cubrirse las espaldas y luego el que sale perdiendo es sebas no era
así quería todo lo mejor con el hijo de puta luego
qué tanto esfuerzo para nada nada nada y luego
qué esperan que una actúe de buena manera toda
una señorita que se jodan me jodieron y que se jodan qué loco que haya comenzado a llamar no debería hablar debería colgarle camisa de once varas
debe saber el horario de sebas siempre llama cuando no está te imaginas si no no debería hablarle
difícil colgarle me tenía y era tan fácil y sólo ahora
reacciona típico tarde muy tarde cuándo aprende-
ré y hay cariño mucho cariño y en la cama es excelente quizás sea una forma del amor después de
todo una nunca sabe soga y cabrito y a ver qué pasa podré podré el profe que pasa y hace lo posible
por verme las tetas todos son igual donoso todos
son igual sonríe eliana a ti te encanta mostrar las
tetas mostrar todo crees que no me doy cuenta tu
sonrisita tu mirada hecha a la cojuda todo lo que
se mueve si me descuido a mí más lindas tetas verdad sebas no es así demasiado buenito guille era
igual me tocó el culo la primera noche hecho al
distraído por qué habrá empezado a tomar nos

llevábamos tan bien no pedía mucho no exigía nada un par de hijos casa un ingreso estable por qué
le habrá gustado amanecerse así nadie llega lejos
con los ojos rojos al trabajo y ese aliento los viernes los fucking viernes de soltero pensar que
aguanté tanto si da rabia y él ni lo apreciaba creía
que así eran las cosas a tirarse el trancazo y yo un
poco más y tejiendo así eran sus viejos creía que
yo también no era su culpa lo malacostumbré sí
da rabia tantas noches mirando tele como idiota
qué bien que me vine aquí aunque no hay cinemateca y las librerías tristísimas en general esta
ciudad pura fachada qué será de mis escalares mi
casa huele a orquídeas frescas debería sacarme los
zapatos qué comemos hoy y viene la niña hecha a
la gran mujer diciendo nunca más aprendí la lec-
ción y qué es lo primero que hace ahorita vomito
qué es lo primero y ahora la niña quiere decirle al
niño che no seas tan celoso porque me ahogo me
traes malos recuerdos y si sigues terminaré haciendo tus pesadillas realidad porque no miraba a nadie sólo a guillermo tan ciega era amor era amor
no hay otra tantas noches desvelada mirando el
reloj y nada tipo seis tipo siete con una pinta como para tirarlo al río y de paso quería dormir a mi
lado y yo sí amor la pasaste bien me alegro qué
olor y dormía como tronco y yo lo miraba a veces
con ternura qué asco cuándo fue cuando comencé
a tenerle rabia cuándo una no se da cuenta y ya está los días se amontonan los puntos en contra se
amontonan cuándo cuándo ya está debí haberme
ido a santa cruz y aquí estoy estudiosa y trabajadora

y de nuevo con anillo cualquiera que me vería diría bravo pusiste tu vida en orden y sin embargo y
sin embargo qué ganas de tomar el siguiente avión
a cualquier parte amanecer en amsterdam o lisboa
cambiar de nombre teñirme el pelo ser lo que
siempre quise ser y nunca me dejaron o fui yo la
que no me dejé irresponsable eso una irresponsable que venga lo que venga y si te he visto no me
acuerdo todo sería más fácil pulpito wawita y todo
comenzará de nuevo sebas comenzará a hurgar en
mis bolsillos el pobre que me controla con los
emails y cree que no me doy cuenta por qué serán
así pero la pasé bien en antigua y me da tranquilidad mucha tranquilidad tanta que terminaré durmiendo en sus brazos roncando y adiós mis sueños muéstraselas al profe eliana no a mí como esa
noche qué asco tan borracho guillermo la famosa
gota que desbordó el vaso reunión de trabajo dizqué y qué boludo llamarme para ver si podía venir a casa con alguien y yo sí cómo no qué habré
pensado también y se aparece con esta secretaria
más puta que las arañas abrazados y yo pintada en
la pared eso creían claro era eso qué le habrá dicho
él mi esposa va a querer hacer lo que yo le digo
qué fantasía más barata por qué querrán con dos a
la vez si ni siquiera pueden con una famosa gota el
fin ya mucho antes que esa noche pero tienen que
pasar estas cosas para que una despierte más vale
temprano que tarde más vale tarde que nunca
temprano tarde nunca y ahora qué y ahora qué sebastián inocente paloma y yo sólo quiero quiero
qué pero poniendo yo las condiciones operación

cuervo narcogate tremenda fichita que nos conseguimos y nuestro alcalde otro terrible dice que paga a revistas para que lo entrevisten y le saquen fotos dicen que ya es dueño de media ciudad
loteador a la mala a qué hora sonará el maldito
timbre será que realmente quiero ser abogada después al trabajo a soportar a donoso viejo verde un
día más un día menos a casa barrio de mierda
aunque una se encariña es mi casa quedó bonita
todo ordenado y sebas ayuda qué diferente a guillermo hijo de puta habrá algo bueno en la tele los
expedientes x videomatch o será que leo de una
vez esa novela cero ganas de estudiar a dormir el
ruido de los vecinos sebas no me encontrará cruzará puentes tras la pista húmeda me buscará incluso en su cama y no me encontrará no es culpa
suya pero ya no es la hora de ya todo ocurrió así
las cosas siguen su curso y ya está

Pixel y Sebastián caminaban por la avenida de las Acacias rumbo al departamento de Pixel, en el último piso de un edificio a dos cuadras de la plaza principal. Habían comprado ron, Coca-Cola y papas fritas. El viento arrastraba periódicos y tierra, formando remolinos sin esplendor. Nubes oscuras en el horizonte se deslizaban a horcajadas de una cadena de montañas y presagiaban tormenta. La gente caminaba con prisa, empujándose al pasar, las aceras habían quedado angostas, el alcalde anunciaba una ampliación.

—Tanto despilfarro de rostros —dijo Pixel.

—Habría que digitalizar *full-time*.

Dos adolescentes pegaban letreros anunciando la visita de Azul Azul en una pared llena de pósters de películas y nuevos compact, papeles coloridos que apenas tenían minutos para ofrecer su producto antes de que viniera un tropel de nuevos papeles y los enterrara. Un grupo de campesinos llegados de Potosí pedía limosna junto a sus hijos de expresión asustada. La larga hilera de autos en la avenida no se movía, se escuchaban bocinazos mientras los semáforos, suspendidos en el aire por cables delgados con nidos de pájaros, se negaban a cambiar del rojo al verde, y cuando lo hacían era apenas por unos segundos, los suficientes para que un par de autos lograra cruzar la intersección y cuatro o cinco celulares más aparecieran en oídos anestesiados por tanto tráfico de ruidos, amor, llegaré tarde a casa.

—Mejor no tener auto.

—Mal de muchos consuelo de tontos.

Sebastián leyó en una esquina el letrero que decía Avenida de las Acacias. Recordó la Calle de la Cascada y la Calle del Parque. Buena idea la de este alcalde emprendedor –bigotón, narcisista y masón–, cambiar tres años atrás los nombres de las calles, tan históricos y traumáticos –fechas de batallas, de próceres, de presidentes–, por otros más neutrales y poéticos. Río Fugitivo debe desprenderse del peso del pasado y prepararse para recibir el nuevo siglo, había dicho el alcalde el día de su posesión, desde los balcones de la alcaldía, y luego, ante los aplausos de la muchedumbre apostada en la plaza y los suspiros de adolescentes de hormonas fragorosas y mujeres maduras de pechos crepitantes, había inmovilizado los músculos del rostro y congelado las manos y el cuerpo en una pose que lo favorecía, la de Serio y Profundo y con un Leve Aire de Melancolía, para que los flashes estallaran y las cámaras capturaran ese instante detenido como si fuera parte del fluir del tiempo. No había durado mucho el proyecto del Narciso Local: los rumores decían que pronto la avenida de los Sauces

Llorones sería rebautizada como Avenida Presidente Montenegro.

—No sé por qué carajos te hago caso.

—Qué miedo le tienes a tu esposa. Tomamos unos traguitos, charlamos un rato, y luego te vas a recogerla. A las diez me dijiste, ¿no?

—¿Prometes no cerrar la puerta con llave? ¿Dejarme ir tranquilo, no insistir para nada?

—*Your wish is my command.*

—*Really.*

Habían trabajado hasta las siete en el periódico. Pixel estaba deprimido, le habían dado malas noticias de su padre: metástasis, la palabra que los adultos temían tanto como los niños las casas abandonadas. No quería volver a la soledad de su departamento, se amargaría. Sugirió a Sebastián y Braudel que lo acompañaran, pedirían unas pizzas y se tomarían unos rones. Braudel dijo que pasaba: quería leer todo lo que fuera posible, en todos los periódicos digitales del mundo, de ese escritor alemán de más de cien años que ensalzó la poesía del coraje y la destrucción en las dos guerras mundiales y que acababa de morir pegándose un tiro en la boca (Pixel lo miró con expresión de desamparo, como si no entendiera esa compulsión que lo llevaba a navegar la red sin tregua –pez hambriento en aguas eléctricas–, a apasionarse de un tema extravagante que había encontrado por casualidad, y dejarlo dos días después sin un pestañeo de remordimientos). Sebastián no pudo decir no: le daba pena dejar solo a Pixel. Le preocupaba, sin embargo, que esa inocente invitación se convirtiera, como otras veces, en una trampa: una vez que estaba con unos tragos, Pixel no paraba hasta el día siguiente. Con una porno tras otra en la tele —se conocía todos los recovecos de Janine Lindemulder y Jenna Jameson, el diámetro de los orificios anales y la forma exacta de la concavidad vaginal y el contorno de los labios a la hora del *blowjob*, y decía que las estrellas del porno eran las únicas con cierto glamour hoy por hoy, y como continuara la orgiástica exaltación de lo visible serían las grandes celebridades del siglo XXI–, Pixel terminaba la primera botella y luego buscaba sobras de otros tragos en su despensa y sus provisiones de cocaína entre las aspirinas y benzedrinas en el anaquel del baño. Era un mal borracho, se ponía grosero y torpe y armaba un escándalo si alguien sugería que era hora de irse. Y Sebastián le había dicho a Nikki que la iría a buscar a la universidad.

Un mendigo dormía en la puerta del edificio de Pixel. Éste lo pateó al pasar. El mendigo despertó asustado y Sebastián lo reconoció: era el Bibliotecario, alguien que vestía un desastrado abrigo negro y tenía la costumbre de abrirlo en presencia de niñas y adolescentes y mostrarles su miembro velludo. Lo policía lo había arrestado muchas veces, pero lo dejaba libre días después. Su leyenda era muy conocida: era el bibliotecario de la universidad estatal de La Paz, cuidaba los libros como si fueran suyos, a veces se negaba a prestarlos si su intuición le decía que la persona que los quería no los cuidaría. Comenzó a llevarse los libros a su casa, uno por uno, estante por estante, hasta que una vecina alarmada escuchó sus gritos de auxilio una noche de invierno: no podía salir de su cuarto, los libros habían tomado las paredes, las ventanas y las puertas. Fue despedido, y de ahí en más no volvió a trabajar y se fue a vivir bajo un puente. El frío lo hizo huir de La Paz, y terminó viviendo en las calles de Río Fugitivo, con las *Meditaciones* de Marco Aurelio en un bolsillo, robando libros fotocopiados que ofrecían los vendedores ambulantes e insultando a los televisores tras los ventanales de las tiendas de artículos electrodomésticos.

Sebastián tiró unas monedas al suelo. El Bibliotecario las recogió.

—No crea que me está comprando —dijo—. Nadie me compra. Bueno tal vez, pero eso a usted no le importa. Jailones de mierda.

Se fue farfullando insultos. Había olor a orín a la entrada del edificio.

—Es la mierda de vivir en el centro. Mendigos por todas partes. Cuando a este alcalde se le ocurra mandarlos a rajar, recién ahí se va a ganar mi voto.

Subieron en un ascensor tembloroso y de vidrios rotos. Entraron al departamento, Pixel fue a la cocina a preparar los tragos, Sebastián se dirigió al living, abrió la bolsa de papas fritas y encendió la tele, una Panasonic de más de treinta pulgadas cuya imponente presencia hacía pensar en los roperos y armarios de las familias antiguas, donde se guardaba la ropa y los recuerdos con los que uno quería preservar algo de un tiempo irrevocablemente ido.

—Oye, no te cuesta nada limpiar un poco —gritó—. Aunque sea para disimular. Se nota que hace rato no ha entrado una mujer por aquí.

—Al menos no una a quien tenga que hacerle caso.

Había olor a cagada de ratón y botellas de cerveza vacías sobre la mesa donde estaban los controles de un SuperNintendo, una caja de Tomb Raider con la voluptuosa Lara Croft en la cubierta, y ceniza desbordando los ceniceros. En el suelo, revistas pornográficas –Club, Oui– se entremezclaban con Gente, Caras, Newsweek en Español, Wired. Pixel era un fanático de las revistas, se compraba las que podía en los kioskos de la plaza y estaba suscrito a otras que le llegaban a la casilla del periódico en Miami. Decía que en eso era un anacrónico consciente: las revistas en la red sólo servían para escanear, no para leer (en eso era diferente a Braudel).

—¿Te llegó la nueva Wired? Ésta es del mes pasado.

—Está en el baño.

—Socio, búscate revistas más *light* para esos menesteres.

Sebastián miró las fotos en blanco y negro en las paredes, en las que Pixel se había insertado digitalmente. En una, Pixel era un oficial más posando junto al Che en una escuelita de Vallegrande, antes de que lo fusilaran. En otra, miraba con indiferencia a la niña vietnamita que, desnuda, corría escapando a un bombardeo yanqui con napalm. Abrazaba al chino que se enfrentaba a los tanques antes de la masacre de Tiannamen. Le entregaba la corona a una Miss Universo venezolana. Le daba la mano a Carlos Monzón antes de una pelea. Era un edecán de Pinochet en La Moneda. Saludaba a un emponchado Fujimori. Eran trabajos rudimentarios, en los que la pose de Pixel no iba con el resto de la foto y el artificio se revelaba groseramente. Sin embargo, había algo en ellas que atraía a Sebastián. Era acaso esa sensación de poder insertarse en la historia, ser capaz de vivir mil vidas al mismo tiempo y que en una de ellas al menos hubiera un roce con algún acontecimiento trascendente, algo que marcara la vida de una comunidad o un país o un continente o el universo al menos por algunos años (¿meses? ¿horas?). No hacer historia, eso era mucho, pero al menos estar presente cuando ésta se realizaba, fuera en el bando que fuera. Algo, cualquier cosa que le dijera a Sebastián que su vida no se reduciría a trabajar en un periódico, a desperdiciar su tiempo en el tiempo sin dejar rastros tras su paso. ¿Era suficiente ser el creador de Seres Digitales? ¿Ésa era toda la gloria y el heroísmo que le tocaría vivir?

Pero claro, pensó apagando el televisor y poniendo un compact de Octavia en el estéreo, entre él y Pixel había una gran diferencia: él hubiera preferido no insertarse en las fotos. Mantenerse en la zona de sombra. No ser la niña vietnamita, ni siquiera el piloto que había lanzado el napalm, sino el oscuro burócrata que desde una oficina en el Pentágono había ordenado el ataque.

Se sentó en el sofá. Pixel apareció con los vasos. Le contó de un juego en el que se había inscrito en la red. Se llamaba Nippur's Call, estaba ambientado en una Edad Media de torvos alquimistas y dragones flamígeros. Por una módica suma mensual, cada participante asumía un rol (guerrero, ciudadano, rey, cortesana). Las invasiones de hordas bárbaras, los saqueos y las amenazas climatológicas obligaban a los miembros de la aldea de la que Pixel formaba parte, como amante del líder, a estrechar sus lazos o traicionar a su rey y desbandarse o subdividirse en grupos pequeños para intentar sobrevivir. El juego podía durar dos o tres años.

—En el juego, me llamo Laracroft —dijo Pixel.

—¿Lara Croft?

—Una sola palabra. Laracroft.

—Digamos que muy original no fuiste.

—Es lo de menos. Las imágenes son increíbles de realistas. Y el sonido también. Te metes y te vuelves adicto.

—Y luego crearán un juego que dure toda una vida. Y llegará un momento en que no sepas si te llamas Pixel o Xena, si eres un creativo del fin de siglo o una puta en la Edad Media.

—¿Y? ¿Cuál es el problema? Lo dices como si fuera malo.

—No sé si los que juegan aquí son ustedes o los programadores del juego.

—Ambos. Nosotros no podemos ver la *big picture* y nos contentamos con las microdecisiones, a ellos se les puede ocurrir una inundación para ver cómo reaccionamos los hombres ante la adversidad.

—Como si no lo supiéramos. Y mientras tanto ellos se llenan los bolsillos.

Sebastián era diferente a Pixel y Braudel. Mientras ellos habían abrazado la tecnocultura con rabioso entusiasmo, él sólo tomaba de ella los emails y todo lo que le permitía perfeccionar su talento para la manipulación digital. Lo demás, los juegos y los chats en busca de citas furtivas y la inundación informativa (un diluvio de proporciones bíblicas), le parecía una pérdida de tiempo. Acaso había tenido la prodigiosa suerte de tener una obsesión muy marcada, de modo que absolutamente todos sus actos parecían tener un solo fin ulterior. Los demás debían desparramarse entre búsquedas sin dirección a las tres de la mañana –y construir en ese azar un orden en sus vidas. De por ahí era mejor así, estar abierto a las emboscadas del caos.

A medida que tomaban Pixel se ponía triste. Sebastián estaba aliviado, al menos no pondría sus pornos. Miraba su reloj a cada rato, eran las nueve. Quería ver a Nikki, hacer el amor con ella y domesticar así, al menos por un rato, sus fantasías promiscuas. Esos días, ella le había dicho que, si él se animaba, quería hacer realidad una imagen que la acompañaba desde la primera noche que se habían acostado: verlo a Sebastián dándole placer a otra mujer. Quería ver su lengua en un clítoris ajeno, ver la gozosa transformación en la cara de la mujer invadida.

¡Nikki! ¡Estás loca! ¿Y qué harías tú?

Primero, miraría, y luego... ya vería. Unirme a ustedes, supongo.

Sebastián había tenido desde la adolescencia esa típica fantasía masculina de acostarse al mismo tiempo con dos mujeres. Como casi todos, nunca tuvo la oportunidad de llevarla a cabo. Y ahora que encontraba a una mujer dispuesta a experimentar, tenía miedo. Dejar entrar a otros en su mundo privado era abrir una compuerta peligrosa: uno nunca sabía qué latía en sus mazmorras. Sí, se trataba de otra mujer, y Nikki decía que era «aburridamente hetero», pero... uno nunca sabía.

¿Y por qué diablos ella tenía esa virtud de ponerlo a la defensiva? ¿Por qué ella jamás pensaba que lo podía perder, mientras que él sí, todos los días? ¿Por qué Nikki era Nikki?

—¿Me escuchas, carajo?

—Sí, por supuesto.

Sebastián, esa noche, quería hacer el amor con Nikki, con furia y ternura, solos los dos en la habitación iluminada con velas parpadeantes, sus sombras creando figuras de animales mitológicos en las paredes, monstruos no tan nítidos pero mejores que los de Nippur's Call, más rugientes y lascivos.

Pixel apagó el compact y puso un casete. Se escuchó, entre interferencias metálicas, una voz gruesa, de flemas en la garganta. Era la voz de su papá, contando de los días de su infancia. De su niñez en un estricto colegio católico. De las tardes correteando entre los arbustos de los lotes baldíos cerca de su casa, jugando a los cowboys. Del árbol hueco donde se refugiaba cuando hacía una travesura y sus papás lo buscaban. De su abuelo disfrazado de piel roja en su cumpleaños.

Los ojos de Pixel se humedecieron. Sebastián se sintió incómodo.

—Disculpá —dijo Pixel, apagando el casete—. No te traje para que escucharas mis penas. Quisiera que me ayudes.

—A ver.

—He estado grabando a mi viejo. Lo conocí de mayor, como todos conocemos a nuestros papás, y nunca se me ocurrió saber de la vida que llevó antes de que yo naciera. Nunca se me ocurrió que él también fue un niño, un joven tonto e inexperto. Y ahora... ahora que se va, me doy cuenta que se va una vida. La más importante en mi vida. Y no, no quiero que se vaya. Y si se tiene que ir, quiero que al menos deje todo lo que pueda de él conmigo. Y le pido que me cuente de su infancia, de su juventud, de cómo conoció a mi vieja, y lo escucho y lo grabo. Y me siento unido a él como nunca.

Una pausa. Pixel tomó aire. Sebastián encendió un Marlboro, carraspeó. La charla había adquirido un tono solemne y conspiratorio.

—Y de pronto, me digo que eso no es suficiente. Y se me ocurre que tú me podrías ayudar. Yo... yo lo podría hacer, pero saldría mejor contigo.

Cualquier cosa que fuera, Pixel no la podría hacer, por supuesto que no, al menos no con la excelencia debida. Las fotos en las paredes evidenciaban una tosca manipulación digital. Y el prototipo del libro electrónico que Pixel había intentado patentar yacía en una esquina del recinto: una laptop desarticulada, el corazón de metal desactivado (Sebastián había leído hacía poco que un ingeniero del MIT Media Lab, apoyado por Microsoft y veinte compañías más, estaba desarrollando un libro electrónico. Otras compañías habían lanzado modelos llamados Softbook, Rocketbook, y Everybook. Temor y temblor: no sólo se trataba de mayor o menor inteligencia, sino de millones de dólares de presupuesto).

—En lo que pueda, por supuesto —dijo Sebastián—. Cuenta conmigo.

—Estaba pensando en los Seres Digitales. Y se me ocurrió tener algo así como unas memorias digitales. Mi papá no tiene fotos de su infancia y su adolescencia. Sus papás eran muy austeros, no eran dados a sacar fotos y cosas por el estilo. Y las pocas que tenía se perdieron en algún baúl, en algún traslado. Pero hay fotos de esa época, hay películas. Y, basándonos en sus memorias, podríamos crear unas fotos de él, por ejemplo, de niño en el árbol hueco.

—¿Y cómo conseguimos un niño que haga de tu papá?

—Lo inventamos. ¿Conoces a Nancy Burson? ¿Los trabajos que ella hacía para el FBI? Le daban una foto de un criminal, tomada cinco años atrás, y ella creaba el rostro del criminal tal como debía lucir cinco años después. Si se puede proyectar hacia adelante, no veo por qué no se puede crear un niño si te doy la foto de mi papá de treinta años.

—Suena posible. Pero no debe ser fácil.

La idea era atrayente. Discutieron las posibles formas de hacerlo, emocionados, y perdieron la noción del tiempo. Cuando Sebastián volvió a ver su reloj, eran las diez y veinte y estaba borracho. Había una mínima posibilidad de que ella lo estuviera esperando. Salió corriendo del edificio, mientras Pixel le gritaba que no lo dejara solo, quería crear el árbol hueco esa misma noche.

Tomó un taxi y fue a la universidad. Nikki ya no estaba. Cabizbajo, le dijo al taxista que lo llevara a su casa.

Cuando llegó, encontró dos mensajes en el contestador. En el primero, una voz firme acostumbrada a hablar con soltura frente a los contestadores automáticos, a no turbarse ante el silencio ominoso que aparecía después del mensaje salutatorio o conminatorio: Isabel Andrade, que decía tener buenas noticias para él, y lo citaba al día siguiente en sus oficinas en la Ciudadela. En el segundo, Nikki le decía con voz cariñosa que lo había esperado y luego se había ido a casa de su amiga Eliana, que vivía cerca de la U. Se quedaría a dormir allí, tenían que hacer una tarea. Se despedía dejándole el teléfono de Eliana y mandándole muchos besos, querido Sebas.

Sebastián se tranquilizó y se echó en la cama. En el estéreo la banda de sonido de *La Misión*. Cada vez le gustaban menos los compact de grupos o solistas rock & pop o románticos, y más las bandas de sonido de las películas (la de Ed Wood era genial). El de *La Misión* era su compact favorito, el que le gustaba escuchar en noches lluviosas, las cortinas entreabiertas y los dos desnudos. Cortinas celestes, las que había elegido Nikki, como había elegido el escritorio de nogal con el espejo de azogue opaco, comprado de segunda mano, y el lugar para la cómoda y los portarretratos con sus fotos de la luna de miel en Antigua, y los planetas y las estrellas en el techo, fosforecentes en la oscuridad. Perfumes y potes de crema sobre el velador, velas apagadas y anteojos para leer, una descosida edición de *Corazón tan blanco*. Todo era Nikki en esa habitación, él ni siquiera podía tener sus zapatos a la vista, y cuando su cuerpo caía sobre la cama crujiente la figura que fabricaba desaparecía muy pronto. Él se había ido de su habitación en casa de su hermana, desordenada y sucia pero muy suya, y, cuatro meses después del matrimonio, tenía perfumes y orden pero parecía apenas un invitado en el piso de Nikki.

Mientras intentaba dormir y divagaba en torno al proyecto de Pixel, se acordó de un lejano, inofensivo comentario de Nikki: cómo había visto desnuda una vez a Eliana, en la ducha, y te diré que es envidiable, no tiene un gramo de grasa por ningún lugar. Sebastián se levantó, fue corriendo al teléfono y discó el número de Eliana. No permitiría que durmieran juntas.

Eliana contestó y le dio el auricular a Nikki. Ella, al escuchar su voz de alarma, le preguntó con suavidad qué ocurría. Sebastián, molesto porque ella ni siquiera parecía haberse enterado de que no la había ido a buscar, le dijo que la extrañaba y quería que se viniera.

—Ay amor, me hubieras dicho eso antes... Ahora estoy metidísima en este trabajo y Eliana me mata si la dejo a medias. Te prometo que mañana a primera hora me tomo un taxi, ¿sí? Y te despierto con un beso ya sabes dónde.

Sebastián elevó el tono de voz y le dijo que no era una sugerencia, mierda, ella debía volver a casa o si no...

—¿O si no qué? —dijo ella—. Estás borracho, Sebas. Mejor tómate una ducha fría y tranquilízate.

—Si no... si no... voy y te traigo.

—Te estoy esperando.

Ella colgó con fuerza el auricular. Sebastián dio vueltas por la casa, mierda mierda mierda. ¿Eliana la mataba si la dejaba a medias? Abrió el refrigerador, sin saber por qué. Comió unas lonjas de jamón. Entró al baño, encendió y apagó la ducha. Al salir, quiso apagar la luz del baño, pero el interruptor se trancó y el foco quedó prendido.

Encendió a Lestat, buscó fotos de Nikki en un archivo. Apareció su rostro, tan moldeable a los clicks del mouse. Le quitó color a su tez mate, le borró las cejas.

Llamó a un radiotaxi, que apareció a los cinco minutos. Le dio la dirección a un viejo calvo que hedía a chicha. Comenzó maldiciendo a Nikki y terminó generalizando el insulto a todas las mujeres. La nueva generación se daba unos insoportables aires de grandeza, había que ponerlas en su lugar.

—No sólo las jóvenes —dijo el taxista—. Mi esposa me acaba de botar de la casa.

—¿Por qué?

—Dice que tomo mucho.

—¿Es verdad?

—Sí pues, joven.

Al cruzar el Puente de los Suicidas, le pidió al chofer que se detuviera. El chofer dudó, pero al final cumplió el pedido. Sebastián bajó y se acercó al pretil mientras el policía de guardia corría a detenerlo.

—¡No me toque! —gritó Sebastián— No voy a hacer nada raro. Sólo quiero vomitar en paz. ¿Es mucho pedir?

Las arcadas pronto tuvieron fruto. El policía le puso un brazo en la espalda y con el otro lo ayudó a vomitar.

Sebastián le pagó al taxista una carrera completa y volvió a su casa caminando, cruzando lentamente la frontera que separaba la ciudad luminosa de la zona de sombra, internándose en barrios de casas con ventanas azuladas por la luz de los televisores y Volkswagens brasileros estacionados en la calle y triciclos tirados en las aceras y perros insolentes y gatos advenedizos.

Sebastián estaba agotado: había caminado tres cuadras cuesta arriba, entre resoplidos y diciéndose que debía ir más seguido al gimnasio o trotar en las madrugadas. El aire pasaba por su garganta con dificultad, como si el fuelle que lo hacía discurrir careciera de fuerza. Y todavía faltaba subir: había dos cuadras de edificios antes de llegar a la explanada rectangular en torno a la cual se encontraban los ocho principales edificios de la Ciudadela. Se detuvo, tomó aire antes de cruzar el puente bajo el cual el río, agobiado luego de su extravío entre montañas, era una lágrima sucia a punto de descender a la ciudad. Le dolía la rodilla derecha, diez años atrás se había roto el ligamento cruzado jugando fútbol, una artroscopía lo había devuelto a la circulación pero no a la plenitud.

Se pasó la mano por la frente sudorosa y pensó que nunca faltarían hombres con sueños más grandes que los del lugar que los cobijaba. Había algo falso en esos edificios de tamaño insolente, de ladrillo visto o piedra oscurecida por el tiempo y yedras prendidas en las paredes y torreones a la manera de construcciones medievales. Bien podían tratarse de elaborados, minuciosos trabajos sobre lienzos enormes, el *background* de un set de filmación, algo que podría quebrarse con la punta de un cuchillo. Pero no, la piedra era piedra y la imponente arquitectura que se alzaba al cielo entre cedros y altos olmos derivaba su realidad de la sugerencia del artificio. Como diciendo que parecía tan falsa que no le quedaba otra que ser real.

La Ciudadela había nacido treinta años atrás como una universidad privada jesuita, bajo la égida de un plan tan ambicioso como cómico que quería convertir a Río Fugitivo en la Charcas del fin de siglo. Nunca alcanzó a tanto, pero al menos, en los setenta, se había convertido en uno de los principales focos de oposición a Montenegro, el centro neurálgico de grupos atomizados de marxistas y trotskistas y maoistas que luchaban contra la dictadura. A los tres años de su gobierno, Montenegro se cansó de lidiar con esos universitarios azuzados por curas librepensadores y, de la noche a la mañana, la cerró y la expropió. Pese a ser desde entonces técnicamente del gobierno, Montenegro y los presidentes que lo siguieron prefirieron dejar que esos edificios en la cima de Río Fugitivo acumularan polvo y olvido. Sin embargo, hacía unos meses que la Ciudadela se había convertido en la sede regional del Ministerio de Informaciones. Todavía se podía ver a albañiles refaccionando sus techos, a electricistas instalando cables, a pintores de brocha gorda dándole un color más vivo a esas piedras entre marrón y púrpura.

Sebastián caminó por las calles empedradas, mirando hacia la izquierda la ciudad a sus pies, extendiendo sus trazos agitados hacia los cuatro costados, proliferando como un virus en el cuerpo del valle encajonado por montañas. La nube de polvo que flotaba en el aire desdibujaba los contornos de los edificios. El cielo era de un gris metálico, amenazante, opresivo, sugería desde hacía semanas una pronta tormenta que jamás llegaba, un conjuro de truenos y relámpagos que no se materializaba. Intentó divisar su casa hacia el norte, pasando el río que cortaba a la ciudad en dos, cerca del parque tomado por los comerciantes de drogas. A esa hora, Nikki estaría preparándose para ir a sus clases. Había aparecido esa mañana a las siete, se acostó junto a él como si nada hubiera ocurrido. Él la había abrazado y le había pedido disculpas. Ella había movido la cabeza, como aceptándolas pero sin ganas de hablar del tema. Lo único que le dijo después: no quería saber de peleas, le traían malos recuerdos, su anterior matrimonio se había desgastado por culpa de ellas. Luego se quedó callada. Era mejor así. Ella en el fondo lo entendía, sabía que no había nada más tonto y patético que un hombre enamorado de verdad.

Siguió las instrucciones de Isabel y llegó al edificio donde trabajaba. Dos policías militares se encontraban apostados a la puerta, bajo un gran cuadro del presidente Montenegro. Antes de entrar miró los edificios alrededor de la explanada, comunicados entre sí por senderos empedrados que se entrelazaban, el pasto amarillo y los sauces con aire de utilería, efecto especial para armar a la rápida una escena de reposo y quietud.

Los policías lo dejaron pasar sin preguntas. Una vez adentro, otro policía le pidió su carnet de identidad y buscó su nombre en los archivos de la computadora. Lo hicieron pasar por un detector de metales, rastrearon su cuerpo con una barra que reaccionó ante unas monedas en los bolsillos. Lo autorizaron a ingresar, señalándole el camino para llegar a la oficina de Isabel. Sebastián pensó que tanta seguridad era desproporcionada para un Ministerio de Informaciones. ¿O es que el poder se había movido subrepticiamente y ahora su núcleo sólido se concentraba detrás de las paredes de los individuos que manejaban las estadísticas, que a través de encuestas conocían al dedillo las reacciones populares al más mínimo gesto del líder, y que planeaban la forma de vender la imagen del gobierno, las campañas publicitarias que harían digerir lo indigesto?

Caminó por un pasillo iluminado y frío lleno de pósters y letreros en las paredes altas, anuncios de colores y en varios idiomas sobre los innumerables planes del gobierno para que el país «se suba al tren del Primer Mundo». Le dio hipo. Se notaba que estaban bien asesorados, al menos en materia de diseño gráfico. Imagente, seguro. Su hermana y sus jefes, duchos en el arte de presentar las mentiras de siempre con tanta imaginación que uno se olvidaba de su esencia de mentiras.

La oficina estaba al final del pasillo. Tocó. Una voz le pidió que pasara. Isabel hablaba por teléfono y le hizo señas de que se sentara y lo esperara. Se sentó. Había un ejemplar de Tiempos Posmodernos sobre una mesita. Hacía rato que no lo leía; no era raro, los que menos lo leían eran los que trabajaban en él (o lo leían cuando preparaban la edición, lo cual no era lo mismo: la caza de noticias les quitaba la perspectiva de su sentido). En la portada, las fotos de Willy Sánchez, el dirigente de los Cocaleros –Sebastián leyó «cocacoleros»–, y de Merino, el viejo líder obrero que se la pasaba recordándole al pueblo las atrocidades de Montenegro en los 70 y denunciando a sus nuevos aliados como unos tristes vendidos al poder, cobardes sin ética alguna, putas que se alquilaban al mejor postor. Leyó unas líneas, algo acerca de la firma de un pacto para oponerse a la «nueva dictadura de Montenegro», y lo dejó. Deprimente y aburrido.

Isabel tenía una camisa de seda roja y mucho maquillaje en las mejillas. Sebastián se dijo que su rostro tenía algo de la Scully de *Los Expedientes X*, y trató de imaginarla con el cuerpo de Fox Mulder. La imagen era sugerente, pero no atractiva, y menos erótica: con razón pensaba que jamás le sería infiel a Nikki. Apenas encontraba una mujer con «potencial para el pecado» (como decía Pixel), lo primero que hacía era ponerle un cuerpo o una cara de hombres, y los hombres, definitivamente, no le interesaban ni de equivocación.

—Qué gusto de verlo —dijo ella sonriente, incorporándose con la mano extendida—. Qué bueno que haya venido. ¿Café?

—Buenos días. Debo confesar que su llamado me intrigó. Pero no tengo mucho tiempo, me esperan en el periódico. Con leche y dos de azúcar, por favor.

Ella le dio la espalda y preparó el café. Sebastián sintió frío: el edificio necesitaba calefacción. Sobre la mesa, un montón de papeles y carpetas y la foto de un hombre maduro y dos adolescentes mellizos. Casada, entonces. Pero no le veía el anillo por ninguna parte.

—Seré breve, entonces —dijo ella, entregándole su taza y sentándose—. Mis jefes están muy impresionados con su trabajo. Bueno, no sólo mis jefes, yo también.

—Gracias —dijo él, agarrando la taza y frotándose la rodilla derecha—. Pero usted vio que no fue nada. No me tomó más de una hora.

—Lo que para usted es fácil y natural no lo es para el resto. Ése es el secreto del arte, ¿no? Lo que no se puede enseñar en las universidades, lo que escapa a cualquier intento de definición.

Había perdido el tiempo si Isabel lo había llamado para elogiarlo con esos lugares comunes. ¿Una más de esas artistas frustradas que abundaban? ¿Le terminaría pidiendo clases particulares?

—Los proyectos más descomunales nacen de una pequeña idea. ¿Está contento con su sueldo, Sebastián?

—¿A qué viene esa pregunta?

—A que sabemos que no lo está. No, no le pedimos que abandone su trabajo en el periódico, sabemos que no hay nada que le apasione más que eso. Pero quizás, si puede dividir su tiempo, podría trabajar por las mañanas en el periódico, y por las tardes con nosotros.

—¿Tiene algo que ver Imagente con esto?

—Absolutamente nada. Muy poca gente sabe de este proyecto. Tendría que firmar algunos papeles, se le pediría la reserva más absoluta.

Se alegró de saber que, de aceptar el trabajo, no se encontraría con sus antiguos compañeros, esos voraces tiburones que no podían pensar en un arte sin marca registrada. Y su hermana la peor de ellas, capaz que si Van Gogh fuera un contemporáneo habría logrado que la Coca-Cola financiara sus cuadros, a condición de que dibujara una botella con el líquido negro junto a sus girasoles.

No debía ser tan malagradecido. En Imagente había aprendido a usar Photoshop y descubierto las maravillas de la fotografía digital. Esas fotos que yacían muertas o congeladas criogénicamente, estatuas de sal en posiciones dispares, podían volver a la vida y adquirir otros colores y gestos y significados. En la adolescencia le gustaba dibujar, pero no tanto; y le gustaba sacar fotos, pero tampoco tanto; gracias a Photoshop, podía hacer ambas cosas a la vez, y así se sentía realizado. Había descubierto su arte. Tan sólo por eso, se justificaba la existencia de Imagente.

—Por supuesto, le pagaríamos muy bien —dijo Isabel—. Mucho más de lo que gana actualmente. Y por la mitad del tiempo.

Sebastián se quemó la lengua con el café y se revolvió en su silla, incómodo, mirando el bosque otoñal en el cuadro en una de las paredes de esa oficina sin ventanas. Isabel lo amenazaba con un movimiento de pinzas que tocaba sus dos puntos débiles: la necesidad de que se elogiara su trabajo, y su descontento salarial. ¿Cómo montar una defensa ante eso? Qué fácil era ser ético cuando no había tentación alguna en derredor. Y si ya había caído una vez, más rápido de lo que él mismo sospechaba que podía ser capaz, era obvio que lo que le ofrecerían sería una posibilidad de corromperse a escala masiva.

—¿A quién hay que matar? —dijo con una media sonrisa, sabiendo, mientras pronunciaba esa frase, que armaría alguna forma de resistencia para tranquilizar a su conciencia. ¿Por qué, por qué lo tentaban? Si no lo hubieran hecho, habría desconocido esa zona oscura de su carácter y tendría una imagen más íntegra de sí mismo, menos dependiente de las leyes de la oferta y la demanda.

—A mucha gente —dijo ella con otra media sonrisa, y Sebastián hizo una mueca burlona, y ella hizo otra, y luego hubo un silencio incómodo en el que se pudo oír el ruido de unos martillazos fuera del edificio.

Esa tarde, Sebastián no pudo concentrarse en el periódico. Caminó de un lado a otro, fue a la sala de redacción en el segundo piso, donde el amplio recinto en el que los periodistas y reporteros solían trabajar alineados como en un pelotón de fusilamiento (el repiqueteo de las teclas como una salva de disparos), acababa de ser dividido en cubículos con paredes corredizas y ventanas de plexiglás. El piso alfombrado amortiguaba el ruido de los pasos y servía de funcional cenicero. Había olor a ambientador brasilero, a alcohol con un dejo de perfume agreste. Al lado del baño una computadora producía, incansable, noticias de AP. Paracaidista muere en Huntsville, Alabama, al caer en una residencia privada y ser atacado por un dóberman. Arrestan a jefe de una organización antisecuestros en México mientras tiraba a un lote baldío el cuerpo del jefe de una oganización de secuestradores. Sebastián se tropezó con el cable de la computadora, y la desenchufó. No habría noticias, al menos por unos minutos.

Le daba vueltas la cabeza la oferta de Isabel de digitalizar una buena cantidad de fotos de Montenegro cuando era dictador. Algo inocente, había dicho ella, más una cuestión de vanidad que otra cosa. Difícil de creer. Más que difícil: imposible.

Saludó con hipócrita cortesía a Elizalde, que se relamía hojeando el último ejemplar de Manchete. Escuchó sin prestar atención a Ceci Ovando, la encargada de la sección de Cultura que entre bufidos quejumbrosos le dijo que debía hacer malabares para poner en una sola página toda la información que recibía (ayer los lectores de TP se habían quedado sin enterarse del descubrimiento de un cuadro falso de Modigliani en el Museo de Lyons).

Charló con Lazarte y lo ayudó a resolver el último crucigrama que había llegado de Benjamín Laredo y que publicarían el próximo sábado. Conoció al hijo de Lazarte, un rubio desgarbado de diecisiete años que dibujaba sus propias tiras cómicas –descarados plagios a Oesterheld, adaptaciones de novelas de Paul Auster– y que se ganaba unos pesos escribiendo los titulares de la primera página (nuestra arma secreta, dijo Lazarte palmeándole la espalda y mostrándole el titular de una noticia que daba cuenta de la contratación de una periodista cruceña para ayudar a Montenegro a redactar sus memorias: El general tiene quien le escriba). El chiquillo era pretencioso, también escribía cuentos muy breves imitando a Borges y Cortázar y «todos los que haya que imitar para construir un estilo propio».

—¿Y dónde publicas? —preguntó Sebastián—. Te debe ser difícil, ahora que el periódico ha cerrado su suplemento literario.

—Hay mil revistas *online*, por suerte. Y muy buenas. Además que así llego a lectores de otros países. Eso de pensar en chiquito es de otra época.

—Puedes dárselos a Elizalde y publicar en Fahrenheit —sugirió Sebastián, y el adolescente lo miró con desdén, como diciéndole que lo suyo era la literatura, no las variedades para leer en el retrete. Ah, los pedantes literatos, pensó Sebastián. Escribiendo cosas que luego archivarán en libros que nadie leerá. Por suerte ese momento lo llamó Junior a su oficina.

Junior le quería presentar a Inés, una fotógrafa que a partir de ahora trabajaría con ellos. Pequeña, de pelo corto y expresión asustada, hacía un par de años había publicado un libro muy aplaudido de fotografías de Markacollo, ese pueblo que, a medio camino entre el valle y el Chapare, era el centro de comercialización de la cocaína.

—Gran fotógrafa. Caída del cielo. Ideal para TP —dijo Junior con su habitual laconismo, como si se hubiera atragantado de niño con una máquina telegráfica.

Perdía el pelo rápidamente, y usaba camisas de manga larga con las empuñaduras bailando en sus manos, como si todavía tuviera fe en que crecería unos centímetros y dejaría de ser un enano napoleónico.

—Encantado de conocer a la mujer que pronto me odiará por retocar sus fotos intocables —dijo Sebastián.

Inés no le encontró humor al comentario.

Una purista, pensó Sebastián. Una de esas que cree que lo que hace es sagrado y *wuay* de que se lo toquen. Con más ganas. Cuando termine con sus fotos, a ver si las reconoce.

—Admiro sus Seres Digitales —dijo ella—. Pero usted, técnicamente, no es un fotógrafo, ¿no?

—Técnicamente, no. Y no técnicamente, tampoco.

Sebastián recordó aquellos días de la adolescencia en el Don Bosco, el legendario laboratorio de fotografías al lado de las aulas de Cuarto Medio y del auditorio para audiovisuales. Se contaban tantas leyendas de ese cuarto oscuro: cómo, en la penumbra, más de un adolescente trabajando entre nitratos y sulfuros, revelando los negativos de la empleada a la que se había obligado a posar desnuda, había encontrado su verdadero destino de fotógrafo. Pero él sólo lo había visitado una vez, en la inauguración de un año deportivo, cuando perdió la virginidad a manos de una bibliotecaria amante de Cerruto y de tibias lenguas en su espalda. Había sido una experiencia traumática: tenía sólo trece años, y desde entonces no quiso volver al laboratorio. Acaso por eso, nunca le interesó la fotografía en el sentido tradicional del término. La fascinación comenzó cuando descubrió lo que podía hacer con ella gracias a Photoshop.

—Pero —dijo Junior mientras se dirigía cojeando hacia la puerta, se había caído de un caballo a los dieciséis y desde entonces rengueaba, si no eres un fotógrafo digital, ¿qué eres?

—Las aventuras de un fotógrafo digital en Río Fugitivo —dijo Inés, y Sebastián no entendió la alusión.

—¿Qué soy? —dijo—. Lo que diga ella. ¿Qué soy, Inés?

—Mejor no opino —dijo ella, y a él le cayó bien, era inteligente. Y tenía el pelo corto, eso era un plus, se la podía digitalizar fácilmente, añadirle cabelleras de todo tipo, moños y pichicas que transfigurarían su rostro desvalido. Le pediría una foto para su archivo.

Pero a él le hubiera gustado saber qué era. Qué, quién, por qué, y por qué no.

Volvió a su oficina. Desde el umbral, se puso a ver el trabajo de Braudel, que no se había dado cuenta de su llegada. Creaba la necrológica de un benemérito de la Guerra del Chaco que había utilizado el gas de la estufa para suicidarse: escarbaba en los archivos en busca del dibujo de la corona apropiada, las hojas de laurel con las que un tal Pedro Jiménez Mamani se despediría de sus conciudadanos desde una página en el mismo suplemento de los clasificados. Era un hombre de pocas palabras y no lo ayudaría a llenar el vacío. Hacía rato que había dejado de intentar conocer a ese doctor en filosofía que sabía siempre un idioma más de los que uno creía que sabía (a juzgar por los periódicos que leía en la red). ¿Qué hacía un doctor en un periódico, haciendo un trabajo que cualquier quinceañero habitué de Tomorrow Now podría hacer con solvencia después de media hora de entrenamiento? Pixel le había contado un vago relato, algo de una madre que se había suicidado, de un transtorno mental que terminó con un par de años en un manicomio, de la misma y única frase repetida a lo largo de esos años: para qué las palabras. Curiosa ironía, dónde había venido a dar: a una oficina que parecía gritar sí, exacto, para qué las palabras.

—¿Lo viste a Pixel?

Braudel dejó el mouse y lo miró con expresión de fastidio, como si lo hubiera interrumpido en la composición de una sinfonía.

—En la clínica.

—¿Vino por aquí?

—Vino y se fue.

—¿Y tú?

—Yo vine y me quedé.

Pero lo que hacía Braudel no lo haría cualquier adolescente: esos hipogrifos violentos dibujados con CorelDraw y Quark Express, esos somnolientos unicornios azules que cruzaban por las evanescentes playas de Dalí, esos prehistóricos antepasados de los cuervos volando en un cielo lúgubre. Otro tipo de quimeras, otro tipo de seres digitales. Braudel era un pintor que utilizaba la computadora como lienzo, paleta y pincel. Un artista. Como Sebastián, que en el fondo no era más que un retratista digital. En su adolescencia había soñado en convertirse en un pintor. Le atraía sobre todo la figura humana, la expresión indiscreta en el rostro revelando un temperamento. La tecnología lo había llevado por otro camino, una variación sobre un mismo tema. Sin la computadora, quizás hubiera estado ganándose los centavos de retratista dominical, con su terco caballete en una plazuela o a la puerta de una iglesia.

Suspiró: ni retratista, ni pintor, ni fotógrafo, ni diseñador gráfico, ni creativo. Un artista. Nada más. Nada menos.

Esa noche quiso contárselo todo a Nikki: desde la digitalización de la foto de Montenegro y el Tratante de Blanca hasta la nueva oferta de Isabel. Fueron al gimnasio, pero se distrajo mirando con sorna a los dos adolescentes babosos que miraban a su esposa (él era invisible, ella no), que incluso dejaron sus pesas y se pusieron a hacer bicicleta junto a ella. Él se montó en otra bicicleta y se agitó a la primera cuesta empinada que tuvo que ascender, y se sintió ridículo, en una persecución inmóvil. ¿Hacía cuánto que no manejaba una bicicleta de verdad? ¿Y no trotaba de verdad? El colmo de los colmos, a la entrada un letrero anunciaba para el próximo sábado una regata en el gimnasio.

Mientras comían salame con galletas esperando que la cena –pollo al horno– estuviera lista, él repasaba un posible diálogo.

—¿Te mostraron las fotos?

—No.

Pausa.

—Es una excelente oferta.

—Buen billete, ni qué decir.

—Remuerde la conciencia, sin embargo.

Remuerde la conciencia, sin embargo. ¿Diría eso? Muy de telenovela. Había que mejorar el diálogo.

—Ajá —dijo ella—. Montenegro ya se ha reinventado como demócrata. Ahora lo ayudarás, si no a borrar su pasado dictatorial, por lo menos a reinventarlo como un dictador benevolente. Alguien que se dedicó al progreso del país y que nunca organizó a los grupos de paramilitares ni ordenó desapariciones de opositores ni masacres de mineros.

—Unas cuantas fotos retocadas no hacen verano —dijo él—. Es decir, hay muchos documentos de ese tiempo, periódicos, cintas de noticieros, documentales, casetes de entrevistas en la radio. Y hay negativos de las fotos. O sea que el impacto de lo que haría sería mínimo.

Miró sus uñas largas y pintadas de verde. Las manillas de latón compradas a los hippies chilenos en la puerta del Correo. La amatista romboidal en el cuello. No sólo quería contárselo todo, también quería que ella le dijera que aceptara la oferta; así se sentiría menos responsable y podría decir que lo estaba haciendo por ella. Porque en el fondo ésa era la razón principal: un mejor sueldo, la posibilidad de ofrecerle una mejor vida, tenerla contenta a su lado. Pero la verdad era que parecía contenta y aceptaba las privaciones como parte normal de un matrimonio joven, y no lo presionaba de ninguna manera. Le gustaba el barrio en que vivían, se había encariñado con la casa y el parque, y lo único que quería era terminar pronto sus estudios para tener un buen sueldo y así pensar en la ampliación de la familia. Muchos pulpitos wawitas. Muchos pingüinitos, para hacer honor a tus pies planos.

La miraba comer el salame, escuchaba a medias sus anécdotas de clase, cómo el profesor de Medicina Legal se había puesto tan frenético con el escote de Eliana que la había llamado por lo menos cinco veces al frente, con las excusas más tontas y rebuscadas que se pudiera imaginar. El ceño fruncido, juntando los ojos en su típica expresión entre indignada y divertida. No le diría que aceptara la oferta. Ni siquiera le gustaría escuchar que él estaba pensándolo, que tenía dudas, que le atraía la idea. Incluso podía terminar decepcionándose de él, diciéndole que hubiera valido la pena conocerse más antes de casarse.

¿Y por qué diablos mencionaba a Eliana?

—Yo, argentina —dijo ella—. Personalmente, no lo haría. Me parece que es jugar con fuego. Pero la decisión es tuya, y no pienses que me decepcionaría de ti si la aceptaras. La verdad que a mí ni me va ni me viene.

—¿Palabra?

—De boy-scout. Como tú dices, una golondrina no hace verano.

No pienses que me decepcionaría de ti si la aceptaras. Había que mejorar el diálogo.

Esa noche, después de ver el noticiero (los maestros declaraban huelga general ante la falta de respuesta del gobierno a sus pedidos de aumento salarial, los cocaleros repetían enfáticamente que no estaban dispuestos a permitir la erradicación de sus cocales), y un poco de *Los Expedientes X* y Videomatch (un *zapping* continuo, hasta que se cansaron, no tanto de los programas sino del *zapping*), hicieron el amor con furia y dulzura, Sabina en el estéreo e incienso en el aire y un croar de sapos en el jardín. Mientras retozaban, Nikki le dio su cadena con la amatista, y se puso la suya. Hincado detrás de ella, su rostro jadeante en el espejo, Sebastián siguió el balanceo de su cadena de plata en el cuello de Nikki, la piel húmeda recibiendo el repetido golpe del crucifijo y de la plaqueta en la que se leía N+S4EVER y de la moneda inglesa de 1891 con la efigie de la reina Victoria.

Pensó que a veces los silencios y los secretos eran necesarios. Aun en las mejores parejas.

La primera vez que Sebastián se presentó a trabajar en la Ciudadela, el cielo se deshacía en convulsiones de espanto. Los relámpagos iluminaban las nubes plomizas a punto de desplomarse sobre la ciudad, y eran perseguidos por su propio ruido, truenos que se posesionaban de las calles y hacían temblar ventanas y se metían bajo las faldas de oficinistas aprensivas. El aguacero lo sorprendió al bajar del colectivo al final de su recorrido, en la cima de la colina. A pesar de que corrió las cuadras que lo separaban del edificio con policías militares apostados a la puerta –imperturbables soldados de plomo–, cuando llegó tenía toda la ropa mojada, le caían chorros de agua por las mejillas y había arruinado sus zapatos de cuero café.

Isabel lo esperaba en la puerta de su oficina.

—Parece un pato mojado —dijo, sonriendo.

—Mi esposa me dijo que me pusiera un impermeable —dijo Sebastián, sintiendo floja su rodilla derecha, sus ligamentos que se quejaban cada vez que hacía un esfuerzo físico—. O que llevara un paraguas. Y le dije que no exagere, hace días que había amenaza de lluvia y nada. Ahora tendré que soportarla con su te lo dije y no me hiciste caso. Increíbles las mujeres, cómo suelen tener la razón. Sexto sentido, ¿ah?

—No —dijo ella—. Cinco nomás, como ustedes. Sólo que mejor usados.

Le indicó dónde quedaba el baño. Una vez allí, Sebastián se sacó la chompa verde y se secó los brazos y la cara con una toalla. Se peinó frente al espejo. Estaba perdiendo pelo a pasos agigantados, sus entradas en la frente comenzaban a disgustarlo (un rostro digitalizable, como el de todos).

Dejó la chompa junto al colgador de la toalla.

—¿Le consigo una camisa? Va a agarrar un resfriado.

—No, gracias. Ya me acostumbré.

—No diga que no se lo dije.

—¿El quinto sentido?

—El sexto, esta vez.

Lo condujo a su nueva oficina, en el subsuelo, al final de un pasillo con escasa iluminación y en el que el eco de los pasos resonaba con tintes tenebrosos y tardaba en desvanecerse. Cilindros de metal bajo el techo, una cámara suspendida en una esquina (cámaras registrando sus pasos en los bancos y en los centros comerciales, observándolo y haciendo un espectáculo de su rutina). Se podía escuchar el rumor del agua bajando por los desaguaderos.

—¿Soy el único aquí? —dijo Sebastián al ver una hilera de puertas cerradas. Tenía frío. Necesitaba cambiarse de ropa.

—Por ahora —dijo ella, abriendo la puerta de su oficina—. Pronto tendrá muchos compañeros.

El recinto era pequeño y en sus paredes desnudas y amarillas se había instalado la humedad (costras calcáreas que se expandían y amenazaban tomar la casa). En el techo, un tubo de luz parpadeante con forma de halo de ángel atraía insectos. En una esquina, una cámara pequeña, un ojo reluciente vigilando los movimientos de las dos personas que acababan de entrar a su radio de acción. Sobre una mesa gris de metal, una Mac, un escáner y una impresora. Una silla de metal, sus simples líneas imitando un diseño de Alvar Aalto.

—Está cargada con todos los programas que nos pidió —dijo ella, acariciándose la barbilla. Luego, al ver una expresión de molestia en el rostro de Sebastián—: ¿Pasa algo?

—Esa cámara.

—Procedimiento standard. Nada que ver con usted. Órdenes del servicio de seguridad del gobierno. Cada oficina tiene una instalada. Ni siquiera creo que esté funcionando.

—No sabía que trabajar para el gobierno era tanto lío.

—Es más lo que parece que lo que realmente es.

—Suficiente que parezca para que joda, con el perdón de la expresión. En fin. Voy a estar un poco aislado. ¿Teléfono?

—Pronto le conectaremos una línea. Por ahora, tendrá que subir a hacer sus llamadas.

—¿Email?

—Todo a su tiempo. Tendrá que ser paciente.

—¿Cuán paciente?

—Un par de días. Usted sabe, la burocracia. Para cualquier conexión necesitamos un montón de firmas. Por favor entiéndanos —dijo las últimas palabras en un tono lastimero.

Al que lo debían entender era a él, pensó entre resoplidos, tratando de contener su disgusto. Necesitaba recibir los emails de Nikki, los tenues mensajes confirmándole que al menos por unos minutos ella estaba pensando en él. Sin esos signos, la Tailandesa tenía toda la tarde a su disposición, como un paraje frondoso sobre el cual correr con los brazos abiertos y de cara al viento. Claro, eso no podía decírselo a esta mujer. Cómo decirle que por culpa de Nikki no podía imaginar un par de tardes sin email. Cómo decirle que no podía imaginar cómo hacían los enamorados para sobrevivir a las separaciones antes de la invención del email (sí, ya sabía, las cartas y las llamadas telefónicas. Pero esos medios eran tan, tan rudimentarios: ¿de cuántas parejas habían sido la tumba?). ¿Sería hora de comprarse un celular? Pero los odiaba, con su insistente ring a toda hora... El email era una interrupción más civilizada que el celular.

Sebastián no dijo nada. Una nueva punzada de los ligamentos. Terminado el trabajo, correría a casa a leer los emails de Nikki y contestarlos antes de que ella llegara. Y después, cuando ella apareciera en la puerta y él la besara, los emails serían, como tantas veces, el tema de conversación:

—Recibí tus dos últimos mensajes. Tiernísimos. Te va a encantar mi respuesta.

—Dímela de una vez.

—La tienes que leer.

—Pero si ya estoy aquí, mejor me la dices en persona.

—Es contra las reglas de etiqueta. El que a email recibe, a email contesta.

—Sebas, ¿alguna vez te han dicho que estás tocado de la cabeza?

Isabel le entregó un cartapacio.

—Confío en que las instrucciones estarán lo suficientemente claras como para que pueda seguirlas por su cuenta. Apenas termine uno, se le dará otro. Cualquier cosa, estaré en mi oficina. ¿Algo más?

—¿Cenicero?

—No se puede fumar en edificios del gobierno. Es la nueva ley, disculpe. Tendrá que hacer como los demás y salir a la explanada.

La mujer salió y lo dejó solo. Tiritando, encendió la computadora y se sentó en la silla. La nueva ley, la nueva mierda. Procedimiento standard, las pelotas. Miró a la cámara, replegó sobre sí mismos el índice y el anular derechos, y le mostró el cordial.

Abrió el cartapacio. Había alrededor de cincuenta fotos, cada una en una bolsa de plástico transparente y acompañada por una hoja con anotaciones del día y del lugar donde se la había tomado, y del periódico o revista en la que había sido publicada. Todas las fotos eran de Montenegro en sus tiempos de dictador. Se lo podía ver en diferentes actos públicos: inaugurando carreteras, firmando los documentos de la venta de gas al Brasil y a la Argentina, saludando al cuerpo diplomático en ocasión del tercer aniversario de su asunción al poder, coronando a la miss tarijeña que luego se convertiría en su amante, aplaudiendo desde su palco el paso de los Caporales en la entrada del Carnaval de Oruro. Sebastián se dejó llevar por pequeños detalles: las corbatas grandes, como si hubiera comido y se hubiera olvidado de sacarse la servilleta anudada en el cuello; las manos juntas a la altura de los testículos, como si le hubiera quedado ese acto reflejo de sus días en que jugaba al fútbol y como defensor debía ponerse en la barrera a la hora de los tiros libres; la forma que tenía de estar siempre mirando a la cámara, aun de soslayo, como si supiera que siempre había una foto a punto de apresarlo, de frente o de espaldas o de perfil, y él tuviera el instinto para girar y enfrentarse al objetivo con una pose segundos antes del click.

Isabel no le había mentido: las instrucciones eran tan inocentes como cómicas. Montenegro apenas medía 1.65 m. y, con su gorra de teniente coronel y los galones en los hombros, parecía un niño intentando disfrazarse con la ropa de su padre. Se pedía que, de ser posible, Montenegro no fuera más pequeño que quienes lo acompañaban en la foto. Que su promedio de estatura estuviera entre 1.77 y 1.80.

Sebastián se tranquilizó. Estaría siempre dispuesto a socorrer a la gente en sus ataques de vanidad. Hasta los presidentes tenían derecho a ser humanos y quejarse de su baja estatura, su calvicie, sus prematuras patas de gallo, sus mejillas picadas de viruela. La foto que le tomaría más trabajo era aquélla en que Montenegro estaba casi de puntillas tratando de poner una corona de metal dorado a esa miss que medía por lo menos 1.82. Él debía crecer, y ella decrecer.

Puso la primera foto en el escáner. A lo lejos se oía el estrépito de los truenos, el sonido que perseguía sin descanso y sin suerte a la luz.

La cabeza de Labastida y el cuerpo de Janet Reno. Penélope Cruz y Ronaldo. Carla Morón y Gabriel García Márquez. Almodóvar y Graciela Rodó de Boulanger. Vladimiro Montesinos y Cecilia Bolocco. Darío Grandinetti y Rigoberta Menchú.

La popularidad de Seres Digitales continuaba, pero ahora sin la fuerza avasalladora de las primeras semanas. Se había ingresado a una fase de consolidación, en la que la fórmula de la novedad dentro de la rutina semanal mantenía el interés de los lectores, pero no era suficiente para sorprenderlos como al principio. Incluso Veintiuno había lanzado un juego parecido, Ciberanimales, que consistía en descubrir a los animales escondidos en una selva digital (muy popular entre los niños, no había pegado en adolescentes y adultos). Sebastián sugirió hacer más complejo el juego, y que el personaje armado tuviera diversos pedazos de otros seres (las cejas de Sofía Loren, las piernas de Yevgeni Kafelnikov, los ojos de Bette Davis, la boca de Carlos Menem), pero Junior y Alissa rechazaron la sugerencia argumentando no querer que el asunto se tornara en algo tan arcano como los crucigramas de Laredo. Por lo pronto, Sebastián se divertía con los *backgrounds,* e incluía a Irene Saez/Víctor Hugo Cárdenas en una selva tropical, y a Sergio Ramírez/Madonna en el set de filmación de *Casablanca.* También jugaba mucho con los ángulos, y a veces captaba a los Seres Digitales desde el techo de un bar, y otras desde una cámara a ras del piso que miraba hacia arriba en un ángulo de ochenta grados.

Sebastián iba al periódico por las mañanas, y trataba de hacer lo que podía en la oficina abrumada por el humo de los cigarrillos de Pixel y el silencio de Braudel. El tiempo nunca alcanzaba, y al final se encargaba sólo del diseño de los suplementos. Pixel le pedía que volviera a trabajar con ellos a tiempo completo, pero lo hacía con un tono falsamente entusiasta; en el fondo, lo hacía feliz que Sebastián hubiera decidido aceptar ese trabajo en el gobierno, sentía que si se quedaba más tiempo habría terminado desbancándolo, se notaba que tenía el apoyo de Junior y Alissa. Así podían mantener la amistad. Sebastián pensaba lo mismo y se decía que la oferta de Isabel había sido salvadora, gracias a ella había logrado hacerle una finta al pedido de Alissa de encargarse de Fahrenheit 451. Todo tenía una razón de ser, y quizás Isabel había aparecido en su vida para que él lograra mantener su amistad con Pixel.

Alissa seguía tentando a Sebastián. Le decía que él era imprescindible en el Tiempos Posmo que saldría en poco tiempo a la luz, el uruguayo había presentado su proyecto, es *top secret* pero te puedo garantizar que, fácil, seremos el mejor pe-

riódico del país. Era una mujer enérgica y domi-
nante, acostumbrada a salirse con la suya. Vestida
siempre con elegancia, faldas tubulares y medias
negras y zapatos negros de taco alto, caminaba por
los pasillos del edificio disimulando cada vez menos el hecho de que era ella la que estaba verdaderamente a cargo del periódico. Para evitarse problemas con el alcalde, redujo el espacio combativo
de Valeria Rosales en la sección local. Siguiendo
los consejos del asesor uruguayo, le dio carta blanca a Lazarte para hacerse cargo de un suplemento
deportivo diario, con casi tantas páginas como las
del cuerpo principal. Le había quitado autoridad a
Elizalde, y confiaba en que más temprano que tarde Sebastián se haría cargo de Fahrenheit 451.
Había comenzado por ofrecerle un pálido aumento de sueldo, pero tenía métodos más intimidatorios que estaba dispuesta a utilizar. Era cuestión de
tiempo.

Ese sábado por la tarde, Pixel le había pedido que lo acompañara a la clínica, no quería
estar a solas con su papá, lo veía sufrir y se que-
braba y terminaba huyendo de esa habitación
olorosa a remedios y carne rancia. Quizás con alguien a su lado se sentiría más fuerte. ¿Te imaginas, ver a tu papá llorando como un bebé? ¿Ver
que se muere, y no poder hacer nada? No se lo
deseo ni a mi peor enemigo. O mejor.

Allí se encontraban ambos, sentados en si-
llas desvencijadas al lado de un catre cuyos resor-
tes rechinaban al más mínimo movimiento. Pixel
tenía una grabadora encendida en sus faldas, pero

su padre estaba durmiendo, y el casete sólo grababa el estruendo de su respiración. Sebastián miraba el rostro lacerado por las arrugas, la piel gastada
y caída como si los músculos se hubieran cansado
de mantener la tensión, las manchas rojizas en el
cráneo rapado. Era un rostro que no tenía nada
que ver con el del adulto joven que Pixel tenía en
un marco de su oficina, ni con los otros que Pixel
le había prestado para que intentara infructuosamente crearle los rastros de una infancia y una
adolescencia, las sombras que asegurarían a quienes las vieran que ahí hubo una sustancia, atrapa-
da un instante en su acelerada fuga hacia la nada
(esa nada que lo esperaba cualquiera de esos días
para librarlo del agobio del cuerpo corrupto y de
la quimioterapia). ¿Adónde se habían ido esos rostros? ¿De dónde había salido éste? ¿Dónde estaban
las marcas de la continuidad, los puntos que indi-
caban la transición de un estado a otro?

Pixel no decía una palabra y miraba a la
pantalla polvorienta de la televisión apagada, a los
mustios claveles en la mesa de noche. No había
nada de qué charlar. Y Sebastián contemplaba ese
rostro derrotado, hundido entre las sábanas y las
almohadas –el esplenio incapaz de sujetar la nuca
en posición erguida–, y se estremecía pensando en
el rostro de su padre, que no había visto hacía tanto. Que, prácticamente, no conocía. ¿Cómo había
jugado el tiempo con él, que líneas habían quedado como testimonios de las ansiedades y las pesadillas y los insomnios? Su padre, que de niño le
había enseñado de tantos gustos adquiridos: el

queso roquefort, el salame, las sardinas en salsa de tomate, la pizza con anchoas, las alcachofas en vinagre. Debía ver a su mamá, pedirle que le mostrara los viejos álbumes de fotos que seguro guardaba en un baúl apolillado, junto a cartas desvaídas y pulverizados pétalos de rosas.

Tuvo una visión de su padre en la mesa del comedor: joven, comiendo sardinas con pan y leyendo el periódico, una camisa azul a rayas y una corbata con el nudo deshecho. Podía ser una memoria, o una imaginativa recreación a partir de un recuerdo sumergido en algún pozo ciego del cerebro. No importaba. Pixel tenía razón, debía tener una foto de ese recuerdo. Para que no se le volviera a perder en algún recodo de la mente. Para que no reapareciera sorpresivamente dentro de treinta años, cuando su papá ya no existiera y a él, ya entrando a la vejez y débil, le diera un ataque de tanta emoción.

—¿Nos vamos? —dijo Sebastián.

Pixel se acercó a su padre y le dio un beso en la frente. Luego salieron.

En el auto, no tocaron el tema. Pixel le preguntó de otras cosas. ¿Qué era lo que realmente hacía en la Ciudadela?

—Sueños digitales —respondió Sebastián, todavía pensando en su papá. En sus anchoas y sus alcachofas. ¿Qué había motivado a que alguien de gustos tan refinados terminara extraviado en una cabaña en las interminables llanuras del Norte? ¿Qué albergaban los hombres en sus desasosegados corazones, cómo hacían para sorprenderse tanto a sí mismos, para torcer sus rumbos como si los destinos fueran tan volátiles como la estela de un cometa en el viento?

—Pero qué.

—Cosas para la campaña publicitaria del gobierno.

—¿No se encarga de eso Imagente?

—En parte.

Le hubiera gustado mucho contarle de su trabajo. Tal como había hecho con Nikki, debió morderse la lengua. Quizás algún día. Por lo pronto, tampoco había mucho que contar. Lo suyo, por ahora, era un monótono retoque de bigotes y peinados y trajes y tamaños, y de típicos errores fotográficos. El decorado, que gracias a los algoritmos de Photoshop se despojaba de imperfecciones —arrugas en trajes de gala, barro en las botas, ojos rojizos, manos y hombros que cubrían perfiles, figuras que cruzaban el rectángulo de la foto y eran capturadas como manchas fuera de foco. Conmovía ver cómo la mediocridad, ese atributo común a la mayoría de los fotógrafos, podía desaparecer tan fácilmente.

—¿Y cómo está todo con Nikki?

—Bien, muy bien. ¿Por qué podría estar de otra manera?

—Preguntaba nomás. No te pongas a la defensiva.

Le hubiera gustado contarle que las cosas estaban bien, pero... ni siquiera él lo tenía todo claro. Estaban muy bien, pero no. No sabía con certeza qué ocurría. Había un detalle en el dibujo que no encajaba, no tenía idea cuál. No quería pensar en eso. Quizás era que... era lo de siempre. Y sospechaba que no había forma de sacarse de la cabeza esa mortal inseguridad que lo acosaba con Nikki. Aun en la noche de la entrega más completa, cuando ella se encadenara y le diera la llave y le dijera que podía hacer lo que quería con ella, estaría temiendo llegar a casa al día siguiente y no encontrarla.

Le hubiera gustado volver a los días antes del matrimonio. A las tardes cálidas y relajadas de Antigua, haciendo el amor en playas desiertas. A las mañanas antes de que Nikki comenzara a contarle sus fantasías más traviesas y perversas.

Imaginó a un ser con el cuerpo de su padre y el rostro de Nikki, comiendo salame con queso roquefort en el comedor de su casa de la infancia.

seres digitales de dónde se le ocurrirán esas cosas qué imaginación la cabeza de nikki y el cuerpo del hijo de puta el cuerpo de la tailandesa y la cabeza de eliana hace tiempo que no veo los simpsons con lo mucho que me gustan scully es muy fría le falta una aventura con mulder ganas de cine mejor un video tantas películas por ver dicen que la última de spielberg es buena o la con cameron díaz que no me acuerdo su título díaz díaz tendrá sangre latina como la welch raquel tejada dizqué la cabeza de nikki y el cuerpo de ben stiller qué joda sebas debería inspirarse más en mí la cabeza de nikki y el cuerpo de donoso que propone cosas raras imaginarse la gente está loca tendré que dejar el trabajo cómo se le ocurre que yo espíe a mi esposo otra idea brillante y van mucho dinero como si se tratara de eso pero lo hizo disimuladamente como si no pasara nada creerá que no le entendí guillermo me espiaba al final que raye cuando encontré los cables en el contestador la grabadora grababa todo se lo tiene merecido mejor no escuchar lo que uno no quiere escuchar habrá pensado que después de tanta cosa me quedaría sentada mirando el desfile y sigue llamando y dice que cuando menos lo espere se aparecerá en río no creo que se anime muy cuerudo mejor no sebas se puede rayar no debería hablarle colgarle de entrada y punto la próxima más vale evitarse de líos un tinto viendo una peli eso concepción concha y toro cómo pagaremos tantas deudas mejor no pensar deberíamos tener auto cansa caminar todas las noches y este vientito que corta se habrá suicidado alguien hoy si ni siquiera dan ganas aquí policías y luz y aparte que de sólo mirar da vértigo claro que si una quiere hacerlo el vértigo es lo de menos yo no lo haría no así no así en un triste puente para mí el veneno el triste veneno qué sé yo las cosas que se me ocurren ni loca aunque se me venga la noche ya se me vino y pasó ¿pasó? apreciar lo que una tiene pobre mamá le encantaban esos proverbios apreciar lo que una tiene qué carajos por qué contentarse por qué no más no se preocupe señor policía no saltaré me quiero mucho dejar el trabajo y pronto donoso es de lo peor corrupto de marca mayor qué haré de abogada todos son así y si quiero tendré que ser así no hay vuelta a comerse sapos vivos alacranes crudos perros en salmuera langostas en escabeche no no todos wálter no le hacía a cosas raras no que yo sepa mejor no saber no me veo de abogada una busca y no encuentra admirable la gente con vocación como sebas son pocos la mayoría como yo estudiar porque hay que estudiar tener con qué defenderse dónde caer parada guillermo gritaba qué mierdas vas a hacer divorciada y sin profesión te van a buscar porque quieren encamarse contigo sí sí hijo de puta lo que digas pero igual quiero el divorcio una

profesión y de paso tanto tiempo pero nada que
salga de adentro nada del corazón abogada si da
risa y por qué espiar a sebas concha y toro ni que
lo que hace fuera secreto de estado seres digitales
será que los usa para enviar mensajes secretos a la
oposición viento de mierda por suerte ya poco todo el mundo mirando tele hasta los perros y los
gatos o metidos en la red surfeando navegando
chateando leyendo periódicos gratis copiándose
artículos para sus tareas viendo pornos escribiendo emails como desaforados digo que escribiré
cartas pero me vence tan fácil el email aparte que
una puede escribir lo que carajos le canta como
que se libera más la pantalla aguanta todo el papel
no tanto me olvidé regar las plantas habrá alimen-
tado los escalares no debería ir al trabajo mañana
no me aparezco y punto el amor después del amor
pero qué hago no es fácil el dinero no sobra hace
falta el billete al caribe jamás volveremos a ir ya
me olvidé de antigua debí haber sacado más fotos
wálter tenía dinero bueno no le hubiera hecho caso si guillermo se con la secre famosa gota ahora
resulta que la mala de la película la voz de wálter
en el contestador estática y todo la cara que habrá
puesto guille no soy buena para mentir se la olía
desde la primera noche wálter era bueno en la cama deli deli por borracho puto todo lo demás se
jodió guille guillermo debí haberle sacado más fotos sacar más fotos de río fugitivo eliana se con-
fundió le dije que quería sacarle una foto y se hizo
ideas como si una no pudiera decir qué linda esta
mujer por mi cuenta como yo quiero eso hacer

realidad las fantasías propias no las de los demás y no creas que no me di cuenta es tan fácil contigo deberías aprender a disimular sí claro estudiemos juntas y de pronto no hay nadie en la casa mis papás se fueron y por qué no te sacas la chompa estarás más cómoda me saco los zapatos las medias se me corrió una espera un rato que voy al baño y a ver qué música ponemos algo para crear ambiente una voz que acaricia natalie algo imbru imbru con qué se come eso quisiera comprarme el último de miguelito bosé parece buenísimo qué churro bárbaro imbru qué mejor sade eso *char-dé* algo así se pronuncia algo de sádico tenía guille me hacía doler cuando me entraba le decía con cuidado y nada nada algo de sádico eso no era lo que molestaba una cosa más que se aguanta hay que aguantar tantas por qué se casará la gente la menos indicada para hacerse esa pregunta sebas no es así pulpito wawita y me dolía y le decía y como oír llover siempre fue así para él mis palabras la lluvia y yo bien gracias quieres un traguito no eliana dijimos a estudiar ¿o no? y ella con una cara que ni estudiar ni qué diablos otras cosas por su mente y no estaría mal como en el cole con vero qué será de ella tortillera hecha y derecha quiso convertirme a su religión y a mí me gustaba *i'm losing my religion* pero la que no es no es punto ni qué hacerle prefiero al hijo de puta prefiero a sebas apreciar lo que una tiene no estaría mal alguna vez tres no son multitud otra haciéndole cosas a sebas y yo dirigiendo el show mirando en control de la situación se rayará sebas la culpa fue de guille me metió la idea esa noche qué tonto cómo se le habrá ocurrido que diría sí con su secre a ver y ahora eliana que está bien no insistan lo haré ya me metieron la idea no suena mal ya ya pero ni cuando guille quiso ni cuando eliana quiera cuando yo diga y listo y con sebas no estaría mal dejaría que me haga cargo eso es lo peor eso da miedo pueden pasar cosas raras y qué si me gusta y qué si le gusta tirarse a la piscina y después ver cerrar los ojos y punto no es para tanto

Sebastián trotaba por el parque a la madrugada, cuando la luz del día todavía vacilaba en el horizonte. Estaba decidido a prestarle más atención a su físico, a no dejarse llevar por la inercia de los meses, que cuelga grasa en los estómagos y telarañas en el cerebro. A la vez, no quería volver al gimnasio, ese refugio de ególatras acomplejados –si la contradicción era posible– y de máquinas aparatosas con sus ruiditos de sintetizador. Le hacía bien la lluvia fina que caía cotidianamente, el aire frío que circulaba por el parque desolado, de aceras llenas de charcos donde se podían encontrar pitillos de papel estañado con residuos de marihuana. Hacía un balance de lo que ocurría en su vida, saltando de un tema a otro con el ordenado desorden de las asociaciones de ideas. Se despejaba, a pesar del susto que a ratos le daba su corazón propenso a acelerarse, su respiración poco dispuesta a discurrir con fluidez.

Esos días, un periódico de La Paz y otro de Santa Cruz compraron los derechos para publicar Seres Digitales. Patricia llamó a Sebastián para proponerle un negocio de pósters y tapas de cuadernos y postales. Date cuenta del potencial de tu idea, gritaba ella, emocionada, lo que te paga el periódico es *peanuts*, y él asentía y le decía que lo pensaría. ¿No sería ésa una forma de adquirir independencia económica y dejar su trabajo en la Ciudadela? Y lo pensaba, y se convencía que no quería tener nada que ver con su hermana y los demás mercaderes de Imagente. No quería ser famoso, al menos no de esa manera, con marca registrada en el cuello y la muñeca. Tampoco le interesaba el dinero, aunque hubiera utilizado ese argumento para convencerse de que debía aceptar el trabajo en la Ciudadela. Por supuesto que no estaba allí sólo para ofrecerle a Nikki un mejor barrio, una vida con más comodidades: patéticas razones burguesas. Le interesaba más la posibilidad de ejercer cierta forma de poder desde una zona de sombra. Quería ser uno más de esos inofensivos vecinos de los que uno nunca sabía nada y que sin embargo regían imperios. Uno más de los secretos dueños del secreto.

Le habían presentado tres días atrás a la mujer que trabajaría en la oficina de al lado en la Ciudadela. Alta, largo pelo negro, lentes de cristales gruesos, tez pálida (como si la luz de la pantalla de una computadora se reflejara en ella), Fiona era una más de los tantos jóvenes que habían comenzado a trabajar en el subsuelo. Talentosos informales de la computación, merodeando los veinte años, la mayoría de ellos discurridos frente a rayos catódicos e íconos en una pantalla, alucinaciones producidas por una máquina (chips que no llevaban consigo ni documentos ni íconos ni palabras ni letras, sólo cargas y voltajes para representar los unos y ceros del código binario). Sebastián se preguntó de dónde carajos salían tantas mujeres inteligentes. Mientras los hombres se descuidaban entre videogames y el intento de seguir por la tele todas las ligas de fútbol posibles –desde la Bundesliga hasta el deplorable torneo mexicano–, ellas sumaban y seguían. Era una conspiración, lo rodeaban y poco a poco se iban apoderando de los mejores cargos. El nuevo siglo sería de ellas. Si a él lo asustaba el fenómeno, no quería ni pensar en lo que sus hijos y sus nietos tendrían que enfrentar.

Trotaba y se despejaba, pensando en el cuerpo cálido de Nikki entre las sábanas. Trotaba y se despejaba, leyendo el graffiti insultante a Montenegro. «Aunque los cuervos se disfracen de demócratas, cuervos se quedan».

Hubo un par de suicidios en el puente. Inés, que merodeaba por el lugar, había logrado sacar una secuencia escalofriante de fotos, publicadas por TP en medio del escándalo y morbo colectivo: un joven recién despedido de su trabajo en una planta industrializadora de leche caía al vacío con la foto de su novia en la mano. Los pantalones mostaza, la camisa roja de los River Boys (¡qué combinación más pesima!, comentaba la gente). Una investigación de Veintiuno reveló que el soldado de turno había sido sobornado por el joven. El alcalde decidió intervenir, y dijo que a partir de ahora soldados de su guardia personal custodiarían el puente. Luego sonrió para las cámaras.

Montenegro enfrentó su primera huelga, la de los maestros de escuelas fiscales demandando un mejor sueldo. Los llamó «dictadorcitos» sin asomo alguno de ironía, y prometió no ser muy paciente con ellos, el «acelerado avance del progreso» no se lo permitía. Dispersó sus manifestaciones y sus huelgas de hambre con gases lacrimógenos. Dijo que serían filmados para tener pruebas de su acción desestabilizadora del gobierno. Luego sonrió para las cámaras.

Junior-Alissa decidieron regalar CD-ROMs y software pirateado de programas populares –sin libros de instrucciones– con la edición de los viernes.

Inés se molestó con Sebastián cuando éste le retocó la foto de un maestro en huelga de hambre (Junior le había dicho que lo hiciera, el aspecto del maestro era «más patético de lo que un lector medio puede aguantar a la hora del desayuno»).

En una reunión del personal, mientras el Uruguayo presentaba oficialmente su proyecto de un «Tiempos Posmo a la vez más culto y más popular», Pixel se quebró y lloró en público como un niño de pecho. Gritaba que le tenía miedo a la muerte mientras Braudel intentaba consolarlo a sopapos.

Le hacía bien el aire frío que circulaba por el parque desolado, de aceras donde se podían encontrar pitillos de papel estañado con residuos de marihuana.

Por las noches, navegaba en la red en busca de fotos de celebridades para sus Seres Digitales.

Cuando encontraba alguna desconocida mujer hermosa, la nueva modelo de Revlon o una miss Costa Rica con futuro, la copiaba para su archivo personal de mujeres. Lo atraían sobre todo los rostros finos, y la sensualidad y el erotismo en los cuerpos bien proporcionados, que sugerían pero no revelaban todos sus secretos (de vez en cuando, algún desnudo con clase, como los de Elle MacPherson o Katarina Witt). Había comenzado el archivo a los quince años, recortando fotos de Siete Días, Manchete y Playboy. Ahora era más fácil. Nikki lo conocía y lo toleraba. Hombres son y hombres se quedan, decía.

A las tres de la mañana de un lunes, a pedido de Nikki, había salido con ella a hacer el amor en el parque. Ella se puso un vestido verde que le llegaba hasta los muslos (nada de ropa interior), y zapatos negros de taco alto. Sebastián recordó a Ana, con quien solía hacer el amor en el living de su casa apenas ella se aseguraba de que sus papás estuvieran dormidos. Bajo un manto de estrellas, con la brisa fría helando su cuerpo y el silencio roto por los alaridos de amor u odio de unos recién casados en el vecindario, pusieron una frazada en el centro del perímetro rectangular y se echaron sobre ella. Lo excitaba verla desnuda entre las sombras y con esos zapatos de mujer al ataque. ¿Habría pares de ojos mirándolos detrás de las cortinas de las ventanas en las casas que rodeaban el parque? ¿Una apurada educación sentimental para retinas llenas de televisión pero no de cuerpos desnudos cerca de columpios y resbalines?

Debieron detenerse –sombras asombradas– cuando las luces de un auto que pasó a toda velocidad los encandilaron. No hubo manera de que el miembro de Sebastián volviera a la vida.

Esos días, había comenzado a soñar con Montenegro. Era una figura que crecía a su antojo y se aparecía de improviso en el sueño más inocente, saltando como una langosta desde los rostros más imprevisibles (su mamá, el actor brasileño de la telenovela que seguía Nikki). Era una figura cálida y protectora, un envolvente refugio paternal. Una figura en blanco y negro. Una sombra asombrosa.

También soñaba con Seres Digitales paseando su hibridez en una ciudad llena de edificios color magenta, donde rondaba un hombre conocido como el Bibliotecario y la gente se suicidaba desde un puente.

Esos días, había comenzado a sentirse perseguido. Cuando caminaba de regreso a casa, escuchaba pasos detrás suyo y se daba la vuelta con el corazón sobresaltado. Paranoia de paranoias: por un lado, eran los del gobierno, queriendo asegurarse de que no saltaría la barda y los traicionaría; por otro, sentía que todos conocían su secreto, y que cualquier instante, a la primera vacilación, su fama local que amenazaba en tornarse en fama nacional (esa fama construida sobre la base de negaciones y reticencias), se desmoronaría vergonzosamente. Se revelaría su doble juego, se expondría su corrupción, se lo marcaría con el hierro candente de los medios de comunicación (¡Manipulaba

no sólo nuestras fantasías, también nuestras reali-
dades!). Cuando escuchaba los dedos de la lluvia
apoyándose en las ventanas, se preguntaba si era
alguien de la Ciudadela o alguien de la prensa. No
sabía a quién temerle más.

Esos días, recibió su primer sueldo de la
Ciudadela y pagó un par de cuotas atrasadas de
Lestat y el viaje a Antigua; le compró un par de
botines italianos a Nikki, y fue a ver departamentos al otro lado del río, en la zona iluminada de la
ciudad. Le gustó uno de tres habitaciones, lleno
de ventanas y espejos que le daban profundidad y
lo hacían parecer más grande de lo que era.

Extrañaba a sus papás. Se prestó la moto
de un colega del periódico y fue a visitar a su mamá una tarde de sábado. Al salir de la ciudad se
encontró con barrios de casuchas miserables, que
ostentaban con orgullo una antena de televisión.
El espacio urbano no duraba más de diez minutos; luego, el campo, la desoladora pobreza. Se
sintió mal: era fácil, en su mundo, olvidarse del
país en el que vivía.

El malestar no le duró mucho: su realidad
era, también, parte de la realidad de un país complejo, harto desigual y desencontrado. ¿Qué podía
hacer? Evitar el cinismo, quizás, el olvido de la
gran mayoría. Pero era tan difícil...

Descubrió nuevas arrugas en el rostro de
su mamá (el marido se quedó en el jardín y lo ignoró). La escuchó ensalzar la vida en el campo, sin
periódicos, pero con mucha televisión y video. Le
preguntó por su salud: se encontraba muy bien a

pesar de que fumaba cada vez más. Le pidió ver álbumes de su infancia. Ella trajo su Minolta y le pidió que repitiera el gesto que acababa de hacer.

—¿Cuál?

—Cuando sacaste tu lengua mientras hablabas. Encantador.

Había aprendido ese gesto viendo jugar a Maradona. Nikki siempre lo molestaba al verlo con la lengua afuera, la atrapaba entre sus dedos cuando él estaba frente a la computadora olvidado de todo, y le decía que un día de ésos se la cortaría con una tijera.

Sebastián sacó la lengua hasta oír el click de la cámara. Cuántas fotos como ésas, pensó, aparentemente espontáneas pero en realidad repeticiones de una realidad ocurrida minutos antes. Cuánto artificio en los álbumes, cuánto teatro.

Se sorprendió al ver en los álbumes que era gordito y rubio de niño. No se acordaba de haber visto antes esas fotos, y mucho menos del momento en que fueron tomadas, y eso que decían que tenía una «memoria fotográfica». Pero, ¿qué era hoy tener una memoria fotográfica? Un concepto que se iba quedando rápidamente obsoleto, las fotos eran ahora maleables y ya no reflejaban con certeza el instante en que el disparador había sido apretado, en que algunos seres habían posado frente al ojo de la cámara (todos los seres podían ser hoy digitales).

O quizás tener una memoria fotográfica significaba hoy tener una memoria maleable. Era una definición redundante: toda memoria era maleable.

Buscó en vano fotos de su papá. El nuevo marido de su mamá las había quemado todas, con la venia de ella.

—¿Qué? Es una broma...

—En serio, hijo. Sabes cómo son los hombres de celosos.

—Pero esas fotos ya no eran sólo tuyas. Eran también mías.

—En el fondo es mejor así. No vale la pena atarse al pasado.

—No se trata de eso.

—Entonces de qué se trata.

Se fue farfullando insultos contra ella y «ese imbécil».

Apenas llegó a su piso, se arrepintió y la llamó. Ella escuchó su voz y se puso a llorar. Sebastián le pidió disculpas, le dijo que por favor no se perdiera, que se comunicara con él más seguido. Le rogó que dejara de fumar tanto. Colgó, y el dolor de ese tonto incendio de recuerdos se instaló en él con fuerza. Nunca la perdonaría del todo.

Le gustaba mirar las fotos de su luna de miel. Pensaba en una próxima escapada al Caribe, quizás a Aruba o a las Islas Caimanes, en cuyas aguas cristalinas uno podía bucear y acercarse a peces de colores exóticos. Lo podría hacer con su próximo sueldo de la Ciudadela. No, irresponsable. Primero había que pagar todas las deudas.

El interruptor de la luz del baño seguía trancado. Algunas madrugadas, cuando Sebastián se despertaba por alguna razón y veía el resplandor del foco, creía con pavor que un extraño había

invadido su casa y buscaba bajo la almohada el revólver que no tenía. Luego se daba cuenta de su
equivocación.

Tomaba entre cuatro y ocho aspirinas al
día. Le dolían los ligamentos de la rodilla derecha.
Creía tener un soplo en el corazón. A veces reso-
plaba como asmático. Se despertaba en la madrugada y no podía volver a dormir. Negaba enfáticamente ser un hipocondriaco.

El pasado sábado en Tomorrow Now, se
había emborrachado con Nikki. Le habían hecho
juntos unas líneas en el baño, a él no le había hecho tanto efecto como a ella, quizás porque no
sabía aspirar muy bien. Estaban abrazados en la
barra, tomando shots de tequila —cucarachas—,
escuchando tecno, las voces etéreas repitiendo
mantras, *takeCalifornia takeCalifornia*, un *beat*
recurrente, como si el compact se hubiera trancado y el dj sin darse cuenta y menos los adolescentes en la pista de baile, mirando con expresión catatónica los slides sicodélicos proyectados
en las paredes del recinto oloroso a yerba. Sebastián alzó la vista, vio a Michael Jordan en los televisores sobre la barra (la tez de Jordan era ana-
ranjada, fallaba el color), y cuando la bajó
sorprendió a Nikki mirando el escote desbordan-
te en carne de una chiquilla con cara de no tener
más de dieciocho años (la corta melena rubia, el
aire de hermana menor de Valeria Mazza). La
chiquilla, un cigarrillo entre los dedos, se daba
cuenta de la mirada, y, al lado de un adolescente
con granos en las mejillas, coqueteaba con Nikki

sin disimulo. Sebastián le dio una leve palmada en la nuca.

—¿Qué pasa?

Nikki le hizo señas a la chiquilla para que se acercara. Ésta intercambió unas palabras con su pareja.

—A que viene —dijo Nikki—. Apuesto que la podemos convencer. ¿Te animas?

—¡Nikki!

Él le había dicho que bajo ciertas circunstancias muy específicas podía estar de acuerdo en llevar a cabo la fantasía de Nikki. Que la mujer fuera una puta. Que todo ocurriera en otra ciudad, o mejor en otro país, para evitar la posibilidad del reencuentro: toco y me voy, como solía decir Paolo Rossi. Lo hacemos una vez y punto. Porque es una caja de Pandora. ¿Qué pasa si te gusta? ¿O a mí? Bajo esas circunstancias, y no otras.

La chiquilla se acercó. Sonrió, tímida, como si estuviera presenciando un acto de magia y la acabaran de invitar al escenario para hipnotizarla. Un paréntesis en los labios gruesos, al estilo de Gina Gershon. Nikki le dio un beso en la mejilla, se presentó y presentó a Sebastián. Le preguntó su nombre.

—Wara —una voz aguda, infantil, mientras un ruido de sirenas y serpientes agitando su cascabel explotaba en los altoparlantes. *¡Take California!*

Sebastián quiso retroceder, pero se dio cuenta de que ya era tarde. Quedaría como un imbécil o, lo que era peor, como un cobarde. Miró el paréntesis de los labios, y se dijo que necesitaba unas líneas.

Wara volvió al lado de su pareja, pero continuó sonriéndole a Nikki mientras Sebastián bebía y se armaba de valor. Al final de la noche, los tres se fueron juntos. Caminaron un par de cuadras en busca de un taxi, los tacos de Nikki resonando furiosos en el empedrado, la carcajada histérica.

Despertó con el ruido del televisor en el living, las voces de Piolín y Silvestre. Se incorporó, se restregó los ojos, y vio a las dos mujeres desnudas y dormidas en la cama, las espaldas tocándose. Se levantó con urgencia y se dirigió al sofá. Trató de no recordar aquello que era muy difícil de olvidar.

Esos días llovió mucho, y hubo una pátina gris en las calles y edificios de Río Fugitivo. Cuando Sebastián dejaba de trotar, la luz del día todavía vacilaba en el horizonte.

Sebastián ingresó al café del periódico. Iba a sentarse en una mesa cerca a la puerta cuando vio a Inés leyendo un libro en otra mesa. Se sorprendió al verla sola: después de sus fotos del suicida, había dejado de ser una buscadora de noticias más para convertirse en una noticia por sí misma. La había visto varias veces a la entrada del periódico, asediada por cámaras y micrófonos, la expresión perpleja de niña sorprendida incendiando su casa y sin saber de qué diablos se la acusaba.

—¿Puedo? Prometo no pedir autógrafos. Una foto tuya y ya está, suficiente para que se olviden de mis seres digitales.

Ella lo miró y le hizo un gesto apenas perceptible con los ojos, indicándole la silla enfrente suyo. Cerró el libro —una novela de Martin Amis— y lo dejó sobre el mantel manchado con gotas de café. Se oyó en la cocina el ruido de platos haciéndose añicos, estrépito que se superpuso a la voz de la presentadora de CNN en la tele (Patricia Janiot decía algo con la cara más solemne que le había sido dado componer, en el margen inferior de la pantalla se podía leer, en letras rojo sangre, SANGRE EN UNA ESCUELA DE NEBRASKA).

—¿Qué ha pasado? —dijo Sebastián mirando a la pantalla.

—¿En la cocina o en el mundo?

—Chistosa.

—Dos hermanos mellizos en camuflaje mataron a nueve estudiantes y dos profesores. Macabro. Uno de ellos hizo sonar la alarma de incendios, los estudiantes abandonaron las aulas, y se encontraron con estos niños disparándoles a quemarropa.

—¿Niños? Me estás tomando el pelo.

—No es la primera vez, ni será la última. Dirán que la culpa la tiene la tele, seguro. Quiero ver a qué titular le dará más importancia Junior en la edición de mañana. Si a los pobres maestros o a esto. Hay que confesar que esta noticia tiene más gancho. Ya el hijo de Lazarte me llamó para decirme que tenía un titular listo: «La muerte y los niños yanquis sin brújula». No me gusta del todo. Se le va la mano por hacerse al literario.

—Yanqui no suena muy literario que digamos.

El mozo se acercó. Sebastián pidió un café y un sandwich de jamón y queso. No quiso pensar en los mellizos en camuflaje esperando a sus compañeros en el patio de un colegio en Nebraska, no quiso pensar en suicidas. Era para otros intentar comprender lo incomprensible.

Quiso pensar en Nikki, que por primera vez no le había escrito un email desde su trabajo. Algo se había quebrado entre los dos, él lo sabía y ella lo sabía. Les había sido imposible actuar con normalidad desde esa noche extraña con Wara. Se sentía mal consigo mismo, por haberse dejado llevar. Se sentía mal con Nikki, porque había confirmado que era capaz de muchas cosas de las que sospechaba. La inseguridad tenía sus motivos: en su caso, había sido bueno dudar, desconfiar.

Deseó que su mamá le escribiera un email, que en casa lo estuviera esperando una carta de papá. Lo lógico era que los hijos se fueran de la ciudad en que los papás los habían criado, buscando nuevos horizontes con la arrogancia y el ímpetu y la impaciencia de la juventud, y con él había sucedido lo inverso, su papá había querido encontrar su norte en el Norte, y su mamá se había refugiado en las afueras de Río Fugitivo. No era justo ese abandono.

—Disculpas por lo de la foto —dijo él—. No era mi intención ofenderte. Sabía que estabas en contra de la revolución digital –ya hablaba como Pixel–, y sin embargo...

—¿Revolución? —dijo ella—. ¿Qué revolución? Ustedes creen que el mundo comenzó el día en que se inventó la computadora. Y que los fotógrafos somos unos ingenuos que intentamos como locos captar la transparente realidad. ¿Sabes quién era Steichen? ¿Y Moholy-Nagy? Y mejor no sigo. Desde el origen mismo de la fotografía se puede rastrear una tradición de gente dispuesta a intervenir en el proceso fotográfico, si es que ello va a servir para dar con cierta verdad.

Sebastián se quedó callado. Pedante, la muchacha. Lo tentó remedarla con una voz aflautada: «se puede rastrear un carajo de tradición...»

—Steichen, un gran fotógrafo norteamericano —continuó Inés—, decía que aunque la intervención del fotógrafo consistiera apenas en
marcar, ensombrecer o entintar una foto, o en el
punteado de un negativo, o en el uso de glicerina
y pincel en una impresión, lo cierto era que la fal-
sificación se había consolidado. «De hecho, toda
fotografía es falsa de principio a fin». Dijo todo
esto en 1903.

Sebastián movió la cabeza. *Fuck.* Necesitaba una aspirina. ¿Por qué se le habría ocurrido
sentarse en esa mesa? El mozo apareció con su café y el sandwich.

—Si seguimos esa lógica, entonces las fotos que toma cualquier hijo de vecino son falsas.

—Creaciones artificiales. ¿Por qué no? El
mero hecho de decidir qué parte del paisaje sacar
y qué no ya es una intervención creativa.

Sebastián recordó un artículo sobre un fotógrafo de National Geographic que le había pagado a tres beduinos para que, un crepúsculo de
rojiza luna llena en el horizonte, pasaran «espon-
táneamente» con sus camellos junto a las pirámi-
des de Giza. La foto había ganado premios. Recordó también a su mamá pidiéndole que sacara
la lengua.

—Pero hay algo que es diferente con las computadoras —dijo, tratando de articular una línea de
defensa, recordando algunas frases de Pixel—. Es...
es el hecho de que uno no sólo puede decidir qué
parte del paisaje sacar, sino que puede crear el paisaje que le venga en gana. De modo que al final ya

ni siquiera se necesita la más mínima relación entre la foto y el... punto de referencia.

—De acuerdo. Entonces hablemos de intensificación de los cambios, no de revolución. ¿Por qué a todo se le tiene que llamar revolución? ¿O ponerle un post? Como esa cosa ridícula de la postfotografía. ¡Por favor!

Sebastián no tenía ganas de discutir. Intuía que los cambios producidos por la computadora merecían el adjetivo de revolucionarios, pero no sabía nada de la historia de la fotografía como para ponerse a defender su argumento frente a una mujer que sí sabía de qué hablaba. Quiso cambiar el tema. Dio un mordisco al sandwich.

—Me gustó mucho tu libro sobre Markacollo —dijo—. Nunca he estado ahí, y las fotos en blanco y negro no me llaman la atención, pero con tu libro me quedé muy impresionado. Realmente espectacular.

—Gracias. Vale la pena que te des una vuelta por allí. La torre bien vale una misa.

—¿Estás preparando algún otro libro?

—Uno sobre suicidas.

Lo dijo como si fuera lo más natural del mundo. Sebastián no había querido tocarle el tema, seguro ella estaba saturada del asunto. Por lo visto, parecía que no.

—Fotos de suicidas —continuó ella—. De los exitosos, para lo cual tengo que conseguir un permiso de los familiares, digo, para que me dejen sacarles una foto en la morgue. De los fracasados y que vivieron para contarlo y están dispuestos a dejarse fotografiar. De los métodos que eligen. Tengo todo un ensayo fotográfico sobre el puente. ¿Sabías que con veneno para ratas alemán mueres casi instantáneamente, pero con el nacional padeces una lenta agonía, llena de convulsiones y vómitos, que dura unos dos días? Claro, el veneno alemán no está al alcance de todos los bolsillos. Pero si yo me voy a suicidar, lo menos que quisiera es sufrir.

Esta mujer de apariencia tan poco llamativa es una caja de sorpresas, pensó Sebastián, sin muchas ganas de continuar con el sandwich. Le hubiera gustado saber más de ella, enterarse de los sinuosos caminos que había tomado para llegar hasta esa mesa en esa precisa mañana. ¿Saldría con alguien? ¿Estaría casada, divorciada? Parecía asustada de todo lo que la rodeaba, pero hablaba con sorprendente convicción. Quiso provocarla:

—De que es una idea original, sí lo es. Pero es como explotar un tema muy delicado, comercializarlo. O sea que te fuiste a acampar como buitre cerca del puente, esperando la carroña... Con esa lógica, estamos jodidos. ¿No es comercializar tragedias lo que hacemos todos los días?

Señaló a la pantalla, donde una mujer rubia hablaba ante un micrófono. En el margen inferior se podía seguir leyendo: SANGRE EN UNA ESCUELA DE NEBRASKA.

—Todo depende si el tema se trata con dignidad o no —continuó ella—. El suicidio es el tren nocturno, llevándonos rápidamente al centro oscuro de la vida. No lo digo yo, lo dice este libro.

Palpó la cubierta. Sebastián leyó: *El tren de la noche*. Otra mujer que leía novelas. ¿De dónde sacaban tiempo? ¿De dónde carajos sacaban tiempo?

—Lo siento, pero no lo entiendo —dijo—. Digas lo que digas, jamás le encontraré un justificativo al suicidio. Me parece una cobardía, un chantaje emocional que uno le hace a los vivos. Si nos toca bailar con la más fea, pues a bailar se dijo.

—¿En serio? ¿Nunca has pensado en pegarte un tiro? ¿Nunca te has pasado una noche con insomnio y cansado de todo, angustiado, ansioso, con ganas de apagar la luz y tirar la puerta y decirle adiós al mundo? El cinturón que te sonríe, como al cantante de INXS. La corbata que te tienta, como a Ramiro Castillo. Ir a la farmacia y decirle al de turno que te marque con un lapicero el lugar del corazón en el pecho, así te aseguras que no fallarás, como lo hizo Asunción Silva en un fin de siglo que no fue el nuestro. No saber nadar, y meterte al mar. Una buena dosis de pastillas para dormir, y la conciencia que estalla en pedazos.

—Nunca. Y no me digas que eso es chic hoy, porque estoy cansado de cosas chic. Está de moda ser gay o bisexual o al menos tener alguna experiencia de ésas, y yo soy aburridamente hetero.

—¿Y a qué viene eso? ¡Qué generalización más tonta! Como si ser gay fuera una cuestión deportiva. Cómo se nota que no sabes del tema.

Mientras decía esas palabras se le apareció la imagen de Nikki acariciando los senos de Wara. Tenía su cadena con el crucifijo y la plaqueta y la moneda; él se había quedado con su collar de plata y la amatista, que todavía seguía usando. Un toque muy femenino, le había dicho Pixel, ¿te pasaste al otro equipo? Pestañeó, luchó con denuedo por borrar de su mente a Wara. Al rato, vio a la Tailandesa con su polerón amarillo, leyendo una novela frente a la tele. No le había escrito, y tenía que ir a trabajar a la Ciudadela, donde todavía no le habían instalado email. No tenía ganas de saber de ella, no podía no saber de ella.

—Una cosa no se opone a la otra —dijo ella—. Querer a la vida y también tener ganas de abandonarla... Bien mirado, no se trata de por qué hacerlo, sino, más bien, de por qué no hacerlo.

Hubo un silencio. Sebastián bebió su café.

—Y la gente... —dijo ella, sin mirarlo—. Yo no acampé frente al puente, qué idea más estúpida. Estaba cerca y me llamaron. Cuando llegué, él ya estaba sobre el pretil. Había unos policías que no sabían qué hacer, y un círculo de gente. Pasaban los minutos, no ocurría nada. Fui a buscar el mejor ángulo, predispuesta a lo peor. Lo que no voy a olvidar es la gente. Porque pasaban los minutos y no ocurría nada, y alguien gritó que se tire, y de pronto algunos repitieron sus palabras, y luego era todo un coro de voces. Que se tire, que se tire. No querían irse decepcionados, se habían quedado unos veinte minutos para ver el espectáculo. Y él se tiró. Espantoso.

Parecía estar reviviendo esos momentos ante sus ojos. Sebastián se sintió incómodo, como perturbando la privacidad de un ser humano en un confesionario.

—Te puedo ayudar con la portada del libro—dijo, intentando llevar la charla a un territorio más liviano, en el que se pudiera sentir más cómodo.

—En la portada estará Braudel —dijo ella, despertando de su trance.

—¿Por qué?

—¿No lo sabías? Y pensar que es tu compañero de trabajo hace tanto... ¡Viva la comunicación! No te digo nada, que tu tarea sea averiguar por qué.

—Es muy callado. Pixel me dijo que su mamá se había suicidado. Pero no sabía nada de él.

—Quizás Pixel tampoco lo sepa. O quizás haya pensado que no eras lo suficientemente maduro como para contártelo.

Sonrió. Sebastián miró su reloj y le dijo que tenía que marcharse. Imaginó el cuerpo de Inés sin cabeza.

Frente a la computadora en su oficina en la Ciudadela, Sebastián difuminaba los rastros del Coronel Cardona en varias fotos en las que se hallaba junto a Montenegro. Cardona, un hombre robusto con mofletes grasosos y un párpado caído, había sido ministro del Interior en la dictadura de Montenegro. Se lo conocía por su desenfrenada arrogancia —los domingos salía a pasear en caballo por el Prado paceño— y sus métodos intimidatorios salvajes, su importación de técnicas de tortura de los militares argentinos. Era uno de los hombres a cargo de la Operación Cuervo. Cometió el error de aprobar la muerte de un californiano defensor de los Derechos Humanos; al regreso de la democracia, fue extraditado por el gobierno norteamericano. Murió en una prisión de la Florida, su compañero de celda le pasó un cuchillo por la garganta mientras dormía, nunca se supo por qué. Tenía ganas de fumar. De rato en rato miraba a la cámara enfocándolo desde una esquina del techo, donde una araña de patas largas había tejido su tela, y se preguntaba si lo miraban detrás de ese ojo empañado e inquisitivo. A veces se había subido a una silla y cubierto el objetivo con un pañuelo amarrado con una liga, y nadie le había dicho nada. Quizás no se molestaban en filmarlo, sabían que la sola presencia del aparato tenía suficiente poder disuasivo. O quizás, mientras simulaban controlarlo con esa cámara, en realidad lo filmaban desde otro lugar, un punto invisible en la habitación, un ojo camuflado entre las costras calcáreas de la pared. No debían molestarse. No haría nada raro. Estaba ahí para hacer su trabajo, y punto. Nada de preguntas, nada de respuestas.

Pero era imposible no hacerse preguntas, sobre todo ahora que las fotos que le alcanzaban en los cartapacios amarillos habían adquirido un cariz siniestro. No se había hecho de ilusiones y sabía que tarde o temprano se acabaría ese trabajo de hacer que Montenegro creciera o adquiriera un mejor peinado o tuviera un traje sin arrugas en alguna fiesta de gala, y llegaría el momento en que, como al principio, le pedirían hacer cosas tan cuestionables como eliminar de una foto al Tratante de Blanca. No, no se había hecho de ilusiones. Aun así, las dudas y las preguntas lo asaltaban al ver llegar, uno tras otro, los cartapacios con fotos de Montenegro rodeado de sujetos deplorables, uno que había que hacer desaparecer, otro. En una ocasión, habían quedado siete de un grupo de dieciséis. En otra, de un grupo de cinco, Montenegro había quedado solo. Quizás ése era el objetivo final: si todos los individuos cerca del centro de gravedad de una dictadura terminaban corruptos por ésta, abrasados por sus llamas, Sebastián continuaría borrando gente hasta que no quedara en esos rectángulos nadie más que Montenegro, y no precisamente porque fuera el único que se salvaba de la corrupción, con un círculo de tiza separándolo del resto.

Quería enterarse de los alcances del proyecto. Preguntarle a Isabel para qué usaban sus fotos digitales. Lo consolaba saber que quedaban los negativos, y mientras éstos existieran habría pruebas de lo que había ocurrido antes de la manipulación de la foto. Pero, ¿era ése consuelo suficiente? Hasta hacía muy poco, por ejemplo, la mayoría de los periódicos del país, para ahorrarse el pago de sueldos, no tenía un plantel de fotógrafos a tiempo completo; se encargaban trabajos a gente diversa, que iba al lugar del accidente o a la conferencia del político de turno, sacaba las fotos y luego se dirigía a las oficinas del periódico y las vendía, sin tener la obligación de entregar los negativos. Así, quedaban éstos, pero desperdigados en cajones en estudios a lo largo y ancho del país. ¿De qué servía su persistencia si nadie sabía dónde se encontraban?

Sin embargo, también estaban los periódicos de la época en las hemerotecas y el Archivo Nacional, y las cintas de los noticieros en la tele, y los testimonios grabados y escritos de tanta gente. Y las fotos también se habían publicado en periódicos en el exterior, y había historiadores que hurgaban en los escombros de ese período en busca de sus más ocultos detalles. Era inútil que Montenegro intentara reinventarse como un dictador benévolo: demasiadas pruebas en su contra, demasiadas huellas en la escena del crimen.

Pero quizás ése no era el propósito de Montenegro. ¿Qué sabía él, después de todo? Eso era lo que lo perturbaba más: estar trabajando a ciegas, ver apenas la punta del iceberg y no la montaña de hielo sumergida en el océano de la Ciudadela. ¿Cuántos edificios había alrededor de la explanada? ¿Cuántas oficinas en cada edificio? ¿Era necesaria tanta infraestructura para albergar las dependencias regionales del Ministerio de Informaciones?

Las paredes de yedra de los edificios con apariencia artificial, como decorados para una película que jamás se había filmado. La universidad abandonada. ¿A qué facultad correspondía el edificio en que se encontraba? ¿A qué profesor le había pertenecido esa oficina? Uno sin mucho peso, enterrado en el subsuelo, alguien que enseñaba Literatura Colonial o Semiótica del Arte, una de esas materias humanísticas que se obligaba a tomar a los estudiantes porque de otra manera jamás se acercarían a ella, por inservible, por poco útil. Uno marxista–leninista, inflexible en la lucha por sus ideas (las manchas rojizas en el suelo, residuos fantasmales de su sangre a la hora de la resistencia inútil o la tortura).

Imaginó a un joven profesor en su oficina, leyendo un libro de Santo Tomás de Aquino. Lo imaginó desnudo, con el cuerpo de Raquel Welch y el rostro del Che y el tamaño de Montenegro, su piel amarilla brillante como si le hubieran caído encima tres tarros de pintura.

Había algo en la foto de Cardona, un punto en torno al cual giraba el resto de la composición. Un detalle extraviado, de esos que, por incongruentes, llamaban la atención y hacían olvidar el resto: le faltaba un dedo en la mano derecha. Detalles de la realidad que, capturados por un fotógrafo, se filtraban en la memoria y se tornaban eternos (en la medida en que durasen los negativos). Como si todo sucediera tan sólo para ser atrapado en una imagen fotográfica, y para que, de tanta realidad congelada, no quedara más que lo anómalo, lo extravagante, lo excéntrico.

Tomó un dedo de la mano izquierda de Cardona y lo pasó a la mano derecha. ¿Lo notaría la gente? Imposible.

Lo tentó firmar la foto, esconder en algún lugar su S estilizada, su elegante integral. Escogió el rostro mofletudo de Cardona y lo magnificó por factor de dos. El fragmento ocupó la pantalla. Hizo una nueva magnificación por factor de dos, y la computadora, después de unos segundos –lectura de la imagen comprimida, decompresión del fragmento elegido–, entregó una nueva composición en la pantalla, la rugosa textura de la mejilla. Con una nueva magnificación, lo que quedaba del rostro de Cardona desapareció por completo, y apareció, algo borrosa, una imagen más cercana a una partícula subatómica o a la superficie de un planeta anaranjado, que a algo relacionado con un ser humano.

Era suficiente. Una magnificación más y aparecerían, en toda su gloria geométrica, los pixeles puntillistas. Dibujó su integral en el centro de la imagen. Cuando volvió a la imagen original, no había rastros discernibles de su firma.

Tenía ganas de fumar. Salió al pasillo. Había quedado en ir esa noche al cine con Pixel, a ver una de Wong Kar Wai, un director de quien Pixel le hablaba maravillas, es lo más *hip* y *cool* que existe, tienes que ver *Ángeles caídos*, Tarantino se queda chico. Nikki le había enviado un email al periódico diciéndole que no la esperara a cenar, tenía mucho trabajo y llegaría tarde. Ah, Nikki. Mejor no pensar en ella. Mejor no verla. Todo lo angustiaba. Qué imbécil, haber dado un paso irreversible. ¿Es que no había sentido celos ese rato? ¿Cómo había sido capaz? La función de las fantasías no era la de realizarse. Y ni siquiera había sido su fantasía. Ni siquiera había sido la suya.

Subió a las oficinas de Isabel. La encontró alterada, con el maquillaje corrido.

—Justo estaba pensando en usted —dijo ella tratando de recuperar la compostura—. Iba a bajar a verlo. Necesito que me haga un favor.

—Por supuesto —dijo él—. El que quiera.

Ella le entregó un par de fotos rotas en múltiples pedazos.

—En una estoy yo con alguien —dijo—. La otra es un *close-up* de un amigo. ¿El mismo que Sebastián había visto antes en el escritorio de Isabel? El portarretrato con esa foto ya no estaba.

—Las puedo pegar con scotch —continuó—. Pero ya no serán lo mismo. ¿Las podría armar en la computadora?

—Sí, claro —dijo él refrenando sus ganas de preguntarle quién era ese hombre en las fotos. Imaginó una tortuosa historia de amor con ¿un hombre casado? ¿Alguno de sus jefes? Isabel era misteriosa y esquiva, jamás daba pie a una charla íntima. Acaso se trataba de mantener la distancia con los subordinados. Acaso había algo más. Era perder el tiempo intentar averiguarlo.

Se levantó. Estaba a punto de salir de la oficina cuando se acordó del motivo inicial de su visita. Se detuvo. Ella lo miró, nerviosa. Al fin, él dijo:

—No sé si lo que estoy haciendo es lo correcto. Quizás me sentiría más tranquilo si me da más información sobre cómo van a usar mi trabajo. De lo contrario... no sé si podré seguir trabajando aquí.

Ella se levantó y se le acercó. Se detuvo a medio metro. Le puso un dedo en la boca, como indicándole silencio. Sebastián miró en derredor suyo. ¿Los filmaban? ¿Grababan sus voces?

Isabel parecía a punto de animarse a decirle algo. Vacilaba. Al fin, dijo:

—Prometo contarle todo a su debido momento —el tono entre cauto y ansioso—. Deme unos días, no sea impaciente.

¿Eso era todo? Sebastián sintió que Isabel había decidido morderse la lengua. ¿Qué había querido revelarle?

Ella le indicó que saliera. Antes de que se diera cuenta, ya se hallaba bajando las escaleras rumbo a su oficina, en la mano las fotos trizadas de Isabel.

Al día siguiente en la Ciudadela, Sebastián caminaba a la deriva en el subsuelo, el eco del techo y las paredes devolviendo el ruido de sus pasos mientras aprendía que había más pasillos de los que sospechaba. Pensaba en Nikki, pensaba en Isabel, y no sabía qué hacer. Vio un par de jóvenes de rostros taciturnos saliendo del baño e ignorándolo. Porque el Pantone no miente, escuchó al pasar. Había ruidos de voces detrás de las múltiples puertas en cada pasillo. Mientras estaba concentrado en su trabajo durante las últimas semanas, su isla al atardecer había terminado de convertirse en una ciudad subterránea. La habitaban jóvenes menores que él, jóvenes que se sumergían en una pantalla para alterar una pincelada de un largo período del cual no conocían nada, como niños perdidos entre balbuceos y saliva. La suma de las pinceladas que se iban alterando cambiaba, lentamente pero sin pausa, el retrato colectivo y monumental de ese período, hasta que llegaría de manera inevitable el día en que no quedara rastro alguno del original.

Escuchó el ruido de un vozarrón familiar detrás de una puerta. Se acercó, aguzó el oído.

El sonido le parecía familiar. Un hombre pronunciando un discurso desde un balcón, enfático, moviendo las manos de forma continua. ¿Quién...?

Era la voz enérgica de Montenegro, emergiendo sin nitidez entre los ruidos metálicos de la estática.

Logró descifrar algunas palabras, «antipatria» y «comulgan» y «ser», e intentó armar una frase coherente a partir de ese esqueleto. Alguien detenía la voz después de ser, y retrocedía la cinta; al rato, Montenegro volvía a decir las misma palabras. Una y otra vez, hasta que Sebastián se asustó del tono enérgico y creyó en la firmeza, en la severidad de esas palabras que no podía entender del todo.

¿Qué decía? Se le ocurrió que esa frase encerraba el misterio de la Ciudadela y llegaba al núcleo sólido y revulsivo del presente. Estaba a las puertas del oráculo, la Sibila había hablado y debía descifrar su mensaje. Se aplicó a ello con urgencia. Alcanzó a colocar dos fichas más en los casilleros vacíos de su versión particular del juego del ahorcado: nuestro proyecto. Luego escuchó pasos acercándose a la puerta y debió detenerse.

Mientras volvía a su oficina, tuvo una revelación: más allá del mensaje, debía concentrarse en el medio. Eso lo llevó a deducir una verdad fundamental, a la que pudo haber llegado mucho antes si utilizaba un poco de sentido común: algunos como él estaban manipulando fotos de Montenegro, otros manipulaban su voz grabada en declaraciones y discursos, y otros, por qué no, su imagen capturada en cintas de video. Isabel había restregado su ego, su vanidad, y le había hecho creer que él era la pieza fundamental del proyecto, cuando en realidad era tan sólo una pieza más.

Volvió agitado a su oficina. Le dolía la cabeza y tenía ganas de fumar. Pretextaría que se sentía mal y abandonaría la Ciudadela.

En la puerta lo esperaba la mujer de lentes de la oficina adyacente. Fiona. No la había vuelto a ver desde el momento en que se la habían presentado.

—Me pregunto... —dijo ella, mirando sus zapatos.

—¿Sí?

—Me pregunto.

—Se pregunta.

—Linda joya. ¿Amatista?

—Gracias. Es de mi esposa.

—Es tan fácil jugar con las formas, que uno se olvida que en el fondo está jugando con los sentidos. Me pregunto si...

—¿Sí?

—Olvídelo.

La mujer volvió a su oficina y tiró la puerta tras ella. Sebastián se quedó quieto por unos instantes. Por lo visto, no era el único con dudas y preguntas.


Al salir, se dijo que era tan convencional el ambiente de ese iluminado primer piso, los funcionarios charlando y perdiendo el tiempo como en cualquier oficina pública, los avisos oficiales en las paredes y las convocatorias a campeonatos de fulbito y paleta internos, que uno podía concluir que difuminar rostros de viejas fotografías era una cosa tan corriente y aceptada como recibir unos pesos para apurar el informe de una declaración de impuestos o la legalización de los papeles de un auto comprado en el extranjero.

Pero no era ni tan corriente ni tan aceptado. De otro modo no estaría en el subsuelo. Y le hubieran conectado email y teléfono. Y no sentiría que, apenas abandonaba los límites de la Ciudadela y bajaba rumbo a Río Fugitivo —los edificios creciendo al fondo bajo una nube de polvo y rodeados por cerros y montañas—, alguien lo seguía a prudente distancia. Una sombra que se ocultaba entre las sombras apenas giraba el cuello en su busca, o un auto que pasaba junto a él y se perdía y volvía a aparecer al cabo de unos minutos, o una mirada furtiva entre los pasajeros en el bus que lo llevaba a la ciudad. Era una sensación imprecisa pero inequívoca.

En el bus oloroso a naranjas podridas, de asientos de tapiz verde cortado por navajas, el chofer escuchaba en su radio a todo volumen una versión tecno de *El cóndor pasa*. Un joven gordo y calvo hablaba a gritos por su celular, le decía a su novia que llegaría a su casa en cinco minutos. Sebastián se rió, le parecía de farsantes eso de los celulares en una ciudad como Río Fugitivo, con muchas pretensiones de crecimiento y modernización, pero, aun así, un pueblo chico en el fondo, tanto de alma como de tamaño. No debía reírse. Otros ojos, ¿no verían lo suyo como pretencioso?, ¿qué se las daba de digital con un presupuesto de análogo?

El bus bajaba con rechinar de fierros y estrépito musical. Sebastián miraba por las ventanas las paredes de la ciudad empapeladas con la foto del alcalde (siniestro de tan bonachón), que acababa de cambiar el nombre de la avenida de los Olmos por el de Avenida General León Gálvez (el papá del alcalde, muy involucrado en una dictadura posterior a la de Montenegro). Leyó un graffiti: «viva el amor hetero, bi, y homo, con personas, animales y cosas». Ojalá fuera tan fácil. Ojalá.

Llegaron a una intersección bloqueada por carros policías, en la que se aglomeraban curiosos y periodistas con filmadoras (o había ocurrido un accidente o se rodaba una película, Sebastián se enteraría del asunto en los noticieros nocturnos). El chofer del bus tomó un desvío.

El joven gordo y calvo discutía con su novia. A Sebastián se le ocurrió que él había tenido la culpa del distanciamiento con Nikki. Había dejado que los hechos de esa noche con Wara se convirtieran en una ciénaga que se tragaba su amor. Había sido su culpa, por inseguridad, por su aterrador miedo a perderla. Ella tan entregada a la relación, capaz de animarse a compartir sus fantasías más peligrosas arriesgándose incluso a una posible reacción adversa, mientras que él dejaba de contarle todo lo que pensaba o imaginaba o le ocurría. Ella había sido abierta con él del modo más inocente e ingenuo posible, mientras él se embarcaba en turbios negociados con Isabel y protegía como un íntimo secreto la naturaleza de su trabajo en la Ciudadela.

Cómo le dolía todo lo que tuviera que ver con Nikki. Tan cercana y tan inalcanzable, tan fácil de entender y tan incomprensible. Cómo le dolía amarla tanto, contra cualquier razón, cualquier promesa, cualquier paz, cualquier deseo, cualquier felicidad, cualquier malestar.

Ana había tenido la culpa. Ana, de la que estuvo tan enamorado, y a la que jamás olvidaría por lo que le había enseñado al engañarlo. Antes de ella le había sido muy fácil, muy natural confiar en su pareja. Ahora lo natural era desconfiar, sentir que lo engañaban apenas se daba la vuelta.

Antes de ir a su departamento pasó por Libros, y compró en audiolibro *Cuentos de Winnie the Pooh*. Lo hizo envolver en papel regalo azul oscuro, un cielo en el que flotaban planetas amarillos y estrellas y cometas anaranjados.

Camino a casa, acompañado por la sensación de que alguien lo perseguía (él era Fox Mulder, alguien que trabajaba para el gobierno y era vigilado por alguien que trabajaba para el gobierno), se arrepintió de haber comprado el audiolibro. Nikki no estaría en casa. Y no apreciaría el regalo: es una contradicción, un libro que no se puede leer.

En la Plaza de los Ciegos, se sorprendió ante la presencia anticuada de un fotógrafo con una de esas máquinas decimonónicas, fuelle y acordeón y trípode y cuarto de revelado a la vez. Recordó la última vez que se había sacado una foto con esos armatostes: en colegio, para su carnet de futbolista en un campeonato interbarrios. Costaba tan barato. Claro que el verdadero precio a pagar era un rostro irreconocible, de mandíbula deforme, de expresión simiesca.

Se acercó al fotógrafo, espantó palomas, se hizo sacar una foto. La botó en el primer basurero que encontró (en cuya superficie de latón se leía, en letras negras sobre fondo naranja, ¡tu alcalde cumple!).

Al pasar por el puente, pensó en Inés y trató de ver con sus ojos esa estructura sobre el barranco. Trató de imaginarla en blanco y negro, un silencioso y sombrío paisaje que impregnaba por última vez las retinas de quienes habían decidido abandonar la vida. No pudo: esa estructura, para él, era magenta y así se quedaba.

Corrían rumores en el periódico de que Inés era lesbiana. De que la habían visto besarse con una mujer en la oscuridad de una discoteca. Otros rumores se preguntaban por qué entraba cada rato a la oficina de Alissa, y por qué cada vez que lo hacía, la puerta era cerrada con llave. ¿No sería que...?

No debía preocuparse por ello. No le importaba, al fin y al cabo. Que cada uno hiciera con su vida lo que le viniera en gana (cada uno, menos Nikki).

Alguien lo seguía y se internaba con él en el territorio de Nikki, el barrio de triciclos en el garaje y perros advenedizos.

Nikki no estaba. Era temprano. Alimentó a sus peces en el acuario e hizo una siesta en el sofá. En el sueño, una frase se materializaba y lo perseguía como venenosa serpiente: «y para ellos, los antipatria que no comulgan con nuestro proyecto, sólo nos queda ser lo más despiadados que podemos ser».

Cuando ella llegó, él se le abalanzó y le dijo, tartamudeando como si se tratara de la primera declaración, que la amaba como nunca antes, y le pidió disculpas por haberse comportado como un imbécil. Ella, un vestido dorado de una pieza, el rizado pelo negro fulgurando como si en él hubiera quedado presa la luz del amanecer, lo abrazó y le dijo que también lo amaba como nunca, había sufrido mucho durante esas semanas tan tirantes. También le pidió que la disculpara por haber sido una tonta y jugado con fuego.

—Las cajas de Pandora no deben abrirse —dijo—. Nunca más.

Le encantó el audiolibro, no tanto por el regalo en sí como por el gesto. Se besaron como escolares desorbitados, las bocas abiertas mostrando laringes y las lenguas intentando nudos ciegos en el contacto.

Salieron al parque, Sebastián orgulloso por haber logrado vencerse a sí mismo. Nikki apretaba el disparador de su Olympus a diestra y siniestra.

—¿Por qué de una vez no te compras una filmadora? —dijo él, bromeando.

—Sería muy fácil. Me gusta sacar fotos, escoger.

Bien mirada, pensó Sebastián, la fotografía había convertido a los individuos en seres más extravagantes de lo que ya eran. Ese no poder disfrutar de las cosas como vinieran, ese desesperado intento por preservar instantes que de todos modos se irían. La foto que resumía la condición humana era la de un hombre o una mujer sacando fotos.

Bajo un cielo nublado, se sentaron en las barras de hierro azules que unían a los cubos amarillos al lado de los resbalines, y que en las noches semejaban las líneas de una lancha de salvamento o un barco de recreo. Apenas se sentaron, ella comenzó un largo monólogo. Le dijo que no estaba contenta en el trabajo con Donoso, muy aburrido, y que pensaba dejarlo apenas encontrara otro. Luego lo sorprendió contándole toda la historia de su matrimonio. Él la sabía, pero no con todos los detalles. Su luna de miel –esa primera vez en Río– no había sido un largo escalofrío. Pero apenas volvieron, el hombre tierno y amoroso que ella había conocido se fue convirtiendo en un ser celoso que la obligaba a mirar al frente cuando un ex enamorado suyo coincidía con ellos en alguna reunión. Un día que ella llegó tarde a casa, hubo el primer sopapo. Luego, aquel incidente en que la golpeó repetidas veces con el mango del paraguas.

—Guillermo hizo instalar unos cables en el teléfono, para grabar mis conversaciones —dijo ella, un susurro en la voz—. Estaba seguro de que yo lo engañaba.

—¿Le habías dado algún motivo?

Ella hizo una pausa antes de responder.

—Jamás. Eso es lo que más rabia me da —sonrió—. Si al menos hubiera aprovechado, así todo tenía razón de ser...

Nunca la había visto tan vulnerable. Una mujer se acercó con su hijo; el chiquillo se subió al columpio, y ella comenzó a empujarlo; al verla tan feliz, y al ver el alborozo del chiquillo de no más de cuatro años, Sebastián sintió, por primera vez, de manera intensa, exaltada, profunda, deseos de tener un hijo con Nikki.

Hubo un click, y el chiquillo quedó atrapado para la posteridad.

—Perdóname si a veces soy muy sincera —dijo ella, abrazándolo—, pero quería que funcionara con Guillermo. Te cuento todo esto porque perdí la primera, y no quiero que me vuelva a pasar. No me gusta que haya algo que nos separe, que ponga en peligro nuestra relación. Me sentí tan mal estas semanas, y me di cuenta que estaba siendo muy egoísta.

—No volverá a pasar —dijo él, besándola con ternura—. Te lo prometo.

Le hubiera gustado ser más sincero. Quiso contarle de su trabajo en la Ciudadela, pero no se animó. Debía buscar otro momento más oportuno.

Sentía que, escondido en ese parque desierto, alguien los vigilaba.

Sentado sobre su escritorio en el Cuarto Iluminado, Sebastián escuchaba a Pixel contarle de una nueva tecnología. Se llamaba Immersive Imaging y permitía que los usuarios en la red navegaran interactivamente dentro de ciertas escenas virtuales.

—Gracias a ImIm —Pixel exhalaba una bocanada de humo, su aliento a whisky golpeaba a Sebastián—, uno puede meterse en una escena y, dentro de ella, mirar en torno suyo, estudiar con cuidado ciertos detalles, agarrar objetos, escuchar ruidos y moverse de un lado a otro.

—Como el TeleRep —dijo Sebastián, pensando en la tecnología que usaba un programa deportivo de un canal argentino para clarificar las jugadas polémicas, los offsides y los goles que no habían sido tales.

—Básicamente. Pero mucho más complejo.

—¿ImIm? ¿Así se llama?

—Así la bauticé yo —Pixel hablaba sin el entusiasmo acostumbrado. Lo hacía como si estuviera representando un papel, de él se esperaban novedades tecnológicas, y ahí estaba ofreciéndolas en un tono neutro—. Uno se podrá meter en la escena del asesinato de Colosio, y ver

quién fue el que le disparó. O en el film de Zapru-
der, y ver si sólo Oswald fue el responsable de los
disparos que mataron a Kennedy.

—Qué haremos con estos gringos. Inven-
tan todo. Debe ser carísimo.

—Se piratea nomás. ¿Cuál es el problema?

—Nadie tendrá el manual y habra que in-
ventarse las instrucciones.

—¿Y qué? Hay que ser creativos, ¿no?

—Claro. Pero parece que siempre con las
cartas que los gringos escogen.

—Tarde para quejarte. O hacerte al nacio-
nalista.

—No me quejaba. No me puedo ni imagi-
nar una alternativa. Lo cual me parece siniestro.

—Nokia nos puede salvar. Viva Finlandia.

—Habrá que apagar las computadoras.

—Y los televisores.

—Y no ir al cine.

—Y así sucesivamente.

Al rato, Pixel le preguntó cómo iba el proyecto de crear memorias digitales para su padre.

—Debo confesar mi fracaso en el intento
—respondió, incómodo—. Puedo hacer retoques
y ajustes, pero es otra cosa proyectar los años de
una vida en una persona. Más aún si se quiere recuperar territorios tan lejanos como la infancia y
la adolescencia. Y no creas que no tengo ganas de
hacer lo mismo con mis viejos. Tu idea me ha hecho pensar.

Cuando le decía estas palabras, vio un ric-
tus de decepción en los labios de Pixel. Como si

acabara de quebrar varias ilusiones a la vez: la de continuar visualizando la historia de su padre; la de estar en presencia de un artista de la computadora para quien nada de lo digital le era ajeno. Pixel tenía la barba desprolija, los ojos rojos —hacían juego con el color de su pelo— y las ojeras alargadas, no había dormido mucho la última semana, decía haber oficiado una tenaz vigilia a la puerta de la habitación del hospital en la que un anciano enfrentaba con miedo a la muerte. Decía haber escuchado esa voz familiar negándose una y otra vez, hiriente y lastimera, como si una fantasmal presencia en el recinto lo requiriera con urgencia en otro lugar. Pixel apretaba un rosario que le había regalado una puta compasiva y rezaba un padrenuestro tras otro.

—Saqué todo lo que pude de Nancy Burson en la red. Había mucho, pero no una descripción paso a paso de cómo lo hace. Y es más jodido de lo que pensé. Prometo que hice lo que pude.

¿Estaba seguro de ello? No lo sabía. Había sido un período extraño, con Nikki por un lado y la Ciudadela por el otro. No había tenido muchas energías para encarar otros proyectos y darle su justo lugar al pedido de Pixel. Había aparecido cierta distancia entre ellos. Quizás era que Pixel sentía que Sebastián no se había exigido a fondo; o que le ocultaba todo lo relacionado con la Ciudadela; o que se había enterado que de vez en cuando todavía colaboraba, a sus espaldas, con Junior y Alissa en las fotos de la primera página. No lo sabía. Pero ahora Sebastián veía a Pixel esquivando su mirada, Raquel Welch en su *screen saver*, y se decía que su amistad ya no era lo que solía ser. Había pensado en contarle lo de la Ciudadela, pero, el momento en que abrió la boca y pronunció la primera sílaba, se asustó de las palabras que se iban formando en tropel en su mente, ansiosas por saltar al vacío de los sonidos –la voz que cortaba tajos en las personas, se apoyaba en corazones y pieles y los disolvía como ácido–, y prefirió callarse. ¿No estaría Pixel en la lista de asalariados del gobierno?

Quizás todo no era más que su paranoia y, simplemente, Pixel estaba distraído por culpa de su padre. No debía ser fácil vivir con el presentimiento de que el próximo llamado telefónico sería para comunicarle del fin. Se acordó de su mamá, que le había prometido dejar el cigarrillo, y sin embargo, en su último email, le contaba que estaba tosiendo como nunca.

Braudel entró a la sala. En la radio se escuchaba la voz de Miguel Bosé interpretando una canción de Carlos Varela. Braudel cambió la sintonía.

—Merino se ha suicidado —dijo.

Pixel despertó de su letargo y miró con asombro. ¿Quién? Merino, el viejo líder obrero, uno de los escasos oponentes que le quedaban a Montenegro, se acababa de tirar de un puente en La Paz.

Braudel encontró una radio que discutía lo ocurrido, aunque el locutor parecía tener información de segunda mano, chismes más que noticias.

—Envió una carta a la prensa paceña —dijo Braudel, menos lacónico que de costumbre—. Se pueden imaginar qué cosas decía sobre el presi. Peor aún, sobre sus ex compañeros que lo dejaron y ahora son aliados de Montenegro.

Pixel salió de la oficina en busca de noticias en el tercer piso. Sebastián pensó que Alissa le pediría que retocara una foto de Merino para la portada de la edición de mañana. Miró a Braudel como si lo desconociera. En realidad, lo desconocía. ¿Quién era él? Un hombre de tez morena que tenía una cicatriz en la mano izquierda. Y él no sabía, no podía saber lo que estaba ocurriendo. Aunque hubiera visto a Merino tirándose desde un puente, su cuerpo en línea recta rompiendo el viento y destrozándose al contacto de las rocas del barranco, no habría creído que se trataba de un suicidio. ¿Cómo, cómo era posible? Merino no podía suicidarse. Lo habían suicidado, como lo harían con cualquiera que se opusiera a sus designios (el dirigente de los Cocaleros sería el próximo).

Tenía razón Nikki en desconfiar de Montenegro. Con su disfraz democrático, iba armando poco a poco una dictadura harto más temible y poderosa que aquélla tan franca décadas atrás. Y él, y él... colaboraba en ella. Era un traidor a... ¿qué causa?

Era un traidor por no tener ninguna causa, por dejarse llevar por deseos miserables, por no tener perspectiva y no saber ubicarse en medio de las embravecidas corrientes de la historia. ¿Quería formar parte de los grandes eventos sin importarle el lado de que estuviera, como si fuera lo mismo ser el juez o el verdugo? La zona de sombra, la zona de sombra... Ahora había que verlo. Ahora debía mostrar de qué madera estaba hecho, cuán diferente era de la mayoría pusilánime.

—¿Necesitas algo? —dijo Braudel.

Aguantó sus ganas de hablar de Merino.

—Pixel está mal —dijo—. Lo de su papá...

—Tal cual. Te ha debido decir algo de Nippur's Call. Combatió la depresión refugiándose en ese juego. Y nada, se volvió adicto. Comenzó como amante de un jefe, pero ahora la cosa es más compleja. Se ha vuelto una mujer de doble personalidad, de día una guerrera que custodia un bosque encantado, de noche una puta que se acuesta con los viajeros que pasan por el bosque. Mientras hablaba contigo seguro pensaba en volver a su depar. El juego lo está devorando. Cualquier rato lo perdemos.

—Como en Poltergeist —dijo Sebastián—. Una pantalla que se traga a alguien.

Había congoja en su expresión: todo había sido sus problemas. No había visto a sus amigos ahogándose en derredor suyo. Pero, debía confesarlo, lo de Pixel sonaba cómico: un adulto extraviado en una suerte de «País de las Maravillas». ¿Cómo era posible tomarlo en serio?

—Hace rato que Pixel dio por perdido a su papá —dijo Braudel—. Y uno... uno nunca se recupera del todo de ciertas pérdidas.

Mientras se refería a Pixel, ¿no le estaba hablando Braudel de sí mismo? ¿Era eso lo que quiso decir Inés, que la locura de Braudel se había debido al suicidio de su madre, y que, en el fondo, jamás se había recuperado del todo? Y si Pixel se extraviaba en Nippur's Call, ¿no hacía él lo mismo de una manera más sutil con sus hipogrifos violentos, sus Quimeras en una pantalla? ¿Y Sebastián y sus manipulaciones fotográficas? ¿Era ése el lugar que ocupaba la fantasía en sus vidas, un sofisticado refugio, un estructurado escape de la realidad?

Pero Sebastián no había perdido a nadie. ¿O sí? ¿Había que esperar la muerte para dictaminar la pérdida de alguien? Se le vino a la mente una frase de una canción de Soda Stereo: *Ella usó mi cabeza como un revólver.*

—Eso no fue un suicidio —dijo, al fin.

No debía apresurarse. ¿O quería terminar mal?

—Hace poco vi a Merino en la tele —continuó—. Difícil asociarlo con lo que acaba de pasar.

—O siempre es difícil, o nunca —dijo Braudel—. No hay correlación.

Sebastián recordó su última charla con Inés. La imaginaba corriendo al aeropuerto para tomar el próximo vuelo a La Paz e ir a fotografiar el puente que Merino acababa de hacer famoso. Una estructura para competir con la de Río Fugitivo.

Debía salir del Cuarto Iluminado. Quería huir de ese ambiente sombrío en que se había convertido su vida. Quería volver a Antigua.

Cuando regresó a casa, lo esperaba una carta de su papá. La nostalgia lo había vencido y estaba ahorrando para comprarse un pasaje de regreso a Río Fugitivo. El pozo ciego de los días se había llevado consigo hasta las razones de su estadía en el Norte, y su «oposición al sistema industrial-tecnológico» se había convertido en retórica hueca que pertenecía a otra época. Quería aspirar el aroma de los eucaliptos de su infancia y el de los cohetes en el estadio, cuando jugaba el River Boys. Quería ver a sus hijos y recibir la última etapa de su vida en una casa a las afueras de la ciudad, a la sombra de los sauces llorones. Sebastián se alegró y deseó que se apurara. Sería extraño reencontrarse con alguien que no conocía. Y sería más extraño para su papá volver a una ciudad que había dejado sin edificios y con la televisión en blanco y negro, y encontrarla tan cambiada, enterrando vertiginosamente el rostro de las calles y fachadas de su infancia, yuxtaponiendo tanto presente sobre el pasado, tanto futuro sobre el presente.

Descalza y recostada en el sofá, jugando con la cadena de Sebastián en su cuello, Nikki leía con desgano un texto de Medicina Legal. La luz del atardecer se filtraba a través de las persianas e iluminaba su torso, dejando en la zona de sombra sus piernas y su rostro de expresión preocupada, su mirada perdida en las páginas. Él le contó lo de su papá.

—Me alegro por ti —dijo ella—. No por él, porque se va a tirar un raye terrible. Se va a arrepentir de volver. Le conviene tenernos de lejos nomás, así sigue idealizando Río Fugitivo.

—¿Estás bien?

—Sí, ¿por?

—Te noto preocupada.

—Se me viene un examen jodido.

Sebastián entró a su escritorio y llamó a su hermana.

—¿Y qué? —dijo Patricia—. Me da lo mismo si vuelve o no. No me escribió una puta carta en todos estos años, y quieres que me alegre. Faltaría eso más.

Cambió de tema y le preguntó por su idea de comercializar agresivamente los Seres Digitales. Sebastián, que había estado dando largas al asunto sin saber bien por qué, dijo sí, también sin saber por qué.

—Excelente noticia, hermanito. Pasá por mi oficina, discutimos los detalles y firmamos los papeles. ¿Te parece mañana a las once?

—Pasado mañana.

—Con esa rapidez para los negocios, raro que nadie te haya robado la idea todavía. Mañana.

Colgó. Eso era: se había ido de Imagente por la mentalidad que imperaba en ella, la publicidad como el reino encastillado del comercio, la vanguardia del mercado que dejaba apenas filtrar leves rumores de arte. Su hermana estaba hecha a medida para Imagente, y él, aunque sabía que no podía haber arte sin comercio (pero, ¿hubo alguna vez once mil vírgenes?), quería que el énfasis recayera en el arte. Lo que hacía para Tiempos Posmo era arte, lo que hacía para la Ciudadela era arte...

No debía ser injusto. La campaña publicitaria de Imagente para el gobierno era de primer nivel, muy artística, muy elaborada (se hablaba de creativos extranjeros, pero lo cierto era que en Imagente no había uno solo de afuera). Esa propaganda de Montenegro en la televisión, dándole la mano a un mendigo a las puertas del Santuario de la Virgen de Urkupiña, movía a lágrimas y podía hacer olvidar, aunque sea momentáneamente –de eso se trataba, comerciales de quince segundos que se iban sumando hasta copar el día–, todos los gases lacrimógenos tirados a los maestros, todos las medidas de represión contra los cocaleros.

No debía ser injusto. Había terminado como los de Imagente, trabajando para el gobierno. Montenegro y sus acólitos extendían sus garras, invadían el país casa por casa hasta que llegara el momento en que no hubiera oposición alguna a sus designios. Gracias a comerciales y encuestas, la democracia prometía y permitía dictaduras más perfectas que las de aquellas cruentas cargas de infantería de tiempos pasados. Y así como se borraban esas cargas, también podían borrarse los choques con los cocaleros que la semana anterior

habían registrado las cámaras de televisión: un trabajo a tiempo completo, en el que lo hecho con la
mano se difuminaba con el codo.

Se echó junto a Nikki, apoyando la cabeza
en sus pechos. Ella le acarició el pelo y él tuvo deseos de contarle de la Ciudadela. Se lo merecía,
ahora que Wara comenzaba a desvanecerse y la relación entraba a una rutina aburrida y a la vez
protectora. Debía reconocerlo, la imaginación
agresiva de Nikki lo había tenido intranquilo desde la primera vez, y ahora que se había aplacado la
normalidad retomaba su curso. Quizás en el futuro, cuando la relación se solidificara y él se sintiera
más seguro, esa imaginación podría tener un lugar
en sus vidas. Quizás. Pulpito wawita. Esa piel mate, lustrosa, ese olor agreste de la carne mezclado
con el dulzón de su perfume. Ese corazón de latir
acompasado, tan diferente del suyo, que se acele-
raba y desaceleraba por razones conocidas como
pasos furtivos siguiéndolo a corta distancia, o motivos desconocidos del todo, sin otra regla que la
falta de reglas.

—Amor...
—Sí, ya sé.
—¿Qué?
—Se te ha parado y quieres coger.
—No. Qué torpe que eres.
—¿Entonces?
—Ya no te digo.
—No te hagas.

Se le había pasado el instante de debilidad.
No le contaría de la Ciudadela.

Encendió la televisión, paseó por los noticieros. El tema excluyente era el suicidio de Merino, aceptado sin vacilaciones. Alguna voz discordante quiso sugerir que el verdadero culpable de esa muerte era el gobierno, pero esa voz fue ahogada por la unanimidad de criterios en torno a la avanzada senilidad de Merino. El alcalde bonachón y con bigotes de charro opinaba que era lamentable la muerte de Merino, pero que, a la vez, cada uno era responsable por su propia vida, y si él había decidido quitársela, pues allá él.

Sebastián apagó el televisor.


Vio a su hermana al día siguiente. Patricia estaba con su hija Natalia en su oficina. La chiquilla se entretenía sacando fotos con su Gameboy. Era el último lanzamiento, unos casetes que podían almacenar hasta treinta fotos en blanco y negro. La tecnología era muy rudimentaria, las imágenes tenían apenas una resolución de ciento veintiocho por ciento doce pixeles. Pero eso era lo de menos, lo importante era lo que se podía hacer con las fotos: pintarlas, dibujar o escribir sobre ellas, ampliarlas o cortarlas o añadirles marco, incluso convertirlas en stickers con el Gameboy Printer de bolsillo.

—¡Sonríe, tío!

Hizo una falsa mueca de felicidad. Y viendo a su sobrina con su Gameboy, vio el futuro: esos chiquillos comenzaban a tener otro tipo de relación con la imagen fotográfica, en la que ésta ya no era el punto de llegada sino, apenas, el de partida. El click de la máquina ya no era el fin sino el comienzo. En diez años, la generación de su sobrina se reiría de las ansiedades que el tema ocasionaba en el presente.

Patricia le dio un tour por las nuevas instalaciones de Imagente. La compañía había crecido y ahora ocupaba dos pisos del edificio. Había más personal pululando por los pasillos, algunos adolescentes entre aplicados e inquietos, creativos con celulares y Palm Pilots. Más computadoras y escáners e impresoras, y Zip por aquí y Jaz por allá.

—¿No te arrepientes de haberte ido?

—La verdad, no.

—Puta con el orgulloso.

Una morena de anteojos, con zapatos de tacos largos y finos como estacas para matar vampiros, le alcanzó la foto de una modelo en bikini para un calendario de una industria avícola. Patricia la examinó y pidió que le agrandaran los ojos y le redujeran la cintura. Luego volvieron a su oficina.

Natalia sacaba fotos a un poster de un oso polar tirado sobre la nieve. Sebastián se acercó a la foto, leyó en el extremo inferior derecho: De vacaciones en la Antártica. Había algo raro. No supo qué.

Patricia le explicó su plan ambicioso: de acuerdo a ella, en tres meses podían empapelar el país de Seres Digitales. Uno podría comprar y coleccionar muñecos de cuerpos y rostros intercambiables, tarjetas y postales y calendarios. Negociarían con un portal para ofrecerlos *online*.

—Lo tienes que hacer aunque no lo quieras —dijo ella, entusiasmada—. Si no lo hacemos nosotros, lo hará otro. No tienes patente, marca registrada, ningún carajo que te defienda. Pensarás que es sólo cuestión de billete, pero es también cuestión de autodefensa.

Patricia tenía razón. Debió haber aceptado su propuesta antes y así evitarse de problemas con la Ciudadela. Debió haberlo hecho, si lo que necesitaba era aumentar sus ingresos para ofrecerle a Nikki... No debía insistir con ese argumento, ni siquiera él se lo creía. El dinero nunca había sido la principal razón para aceptar el trabajo en la Ciudadela.

—¿Cuánto?

—*Fifty fifty*.

Sebastián imaginó Seres Digitales por todas partes. Muñecos con el cuerpo de Raquel Welch y la cabeza del Che en las mochilas de los colegiales (una pelirroja sacándoles fotos con su Gameboy). Escalofriantes calendarios con la cabeza de Vargas Llosa y el cuerpo de Margaret Thatcher. Postales con el cuerpo de Montenegro y la cabeza del alcalde bonachón.

Era demasiado. Le dijo a Patricia que jamás lo aceptaría, y salió de la oficina dando un portazo.


Al día siguiente vio a Isabel en su oficina. Ella se comportó como si el incidente anterior entre ellos no hubiera ocurrido; le dio un cartapacio y se despidió.

Sebastián se detuvo en la puerta. Iba a decir algo; ella le pidió que se callara. Miró a izquierda y derecha y hacia el techo, como cerciorándose de que nadie los filmaba o escuchaba. Luego sus labios formaron una palabra en silencio: vá-ya-se. De nuevo: vá-ya-se. O, al menos, eso creyó Sebastián. ¿De aquí? ¿De la Ciudadela?

Isabel se dio la vuelta y se dirigió a su escritorio. Él salió de la oficina hojeando el cartapacio.

Esta vez, el encargo era eliminar al Tío Jürgen. Jürgen, ese mito de su infancia, un señor de largas patillas y boina negra que a veces iba al Don Bosco a recoger a su sobrino. Llegaba en una moto roja con *sidecar* que provocaba conmoción entre los chiquillos; era muy jovial, les repartía dulces y los hacía subir al *sidecar* y los llevaba a dar una vuelta mientras ellos esperaban a sus padres. Sebastián se ponía un casco y se imaginaba de copiloto en un avión de la Primera Guerra Mundial, enfrentando el fuego y los bocinazos enemigos por las calles aledañas al Don Bosco. El viento le daba a la cara y él era feliz. Algunos años después de la caída de Montenegro, un reportaje periodístico reveló que el Tío Jürgen estaba a cargo del grupo paramilitar de la dictadura. El Tío se escapó al Brasil, y algunos compañeros de Sebastián que lo conocían muy bien pronto comenzaron a negar siquiera haberlo visto alguna vez; otros tergiversaron sus recuerdos y dijeron que era un tipo desagradable, un sádico que los golpeaba a la menor oportunidad. Sebastián no. Lo recordaba con cariño, y creía que pudo haber sido un buen reemplazante de su papá. Había incluso llegado a imaginarlo pidiéndole la mano a su mamá, sacándola para siempre de sus desastrosos romances. El Tío era sensible, era inteligente. ¿Jefe de paramilitares? Había sido una profunda decepción enterarse de ello, pero eso no haría que Sebastián reescribiera su pasado...

Mirando la foto del Tío Jürgen en sus oficinas en la Ciudadela, viendo sus patillas largas, extravagantes, su boca abierta en una risa franca, el único civil en medio de un grupo de militares borrachos, Sebastián se preguntó ¿por qué diablos le era tan difícil reescribir su vida, y tan fácil la de los demás? ¿Precisamente por eso, porque su vida era su vida y la de los demás era la de los demás? Pero, ¿no tenían algo de relación ambas cosas, no eran cifras de una misma ecuación?

No lo sabía. Lo único cierto era que no podía borrar al Tío Jürgen de esas fotografías. No quería darle el golpe de gracia, terminar el trabajo de olvido iniciado por sus compañeros.

Pensó que esa noche, con el gruñido de gatos en celo de los vecinos del piso de arriba y el restallar de los truenos en la noche de tormenta, le confesaría todo a Nikki. Se lo contaría desde el principio, entre tartamudeos y sintiendo que a ratos le faltaba aire y se ahogaba. Lo haría mirando al suelo, a las paredes con fotos de su luna de miel, de su matrimonio y de las promesas de ser totalmente sinceros el uno con el otro, lo haría mirando al techo y a cualquier otro lugar donde no se encontrara ese rostro grave de cejas finas y oblicuas enmarcando una mirada candente. Le diría de sus tontas razones económicas y artísticas, de su deseo equivocado de formar parte de una historia más trascendente que la de manipular fotos para un periódico. Lo había hecho por ella, por él, y luego se había arrepentido y ahora tenía miedo. Le pediría disculpas por haberle guardado por tanto tiempo un secreto tan importante, y le diría que podía hacer cualquier cosa con él y la entendería, pero que, por favor, lo ayudara a encontrar una solución a su dilema.

Ella, que estaría poniendo en orden los gastos del último mes y quejándose de tanta deuda, elaboraría una expresión de azoro o rabia contenida. Tendría un lapicero en la mano; metería la punta a la boca, la mordería. Se alisaría el pelo. Se hurgaría la nariz. Los segundos se estirarían en la habitación con la radio encendida –Miguel Bosé interpretando a Silvio Rodríguez, «y las causas lo fueron cercando, cotidianas, invencibles». Habría truenos y vecinos ariscos y gimientes. Ella se levantaría y él se prepararía para una escena de melodrama, para una merecida recriminación. La vería transformarse en un pez espada anaranjado, con el fondo de un incendio en un bosque.

—¿Qué piensas hacer? —preguntaría al fin, con una voz gaseosa, como si una multiplicidad de frases venenosas se hubiera agolpado en su laringe y producido un congestionamiento del cual salían ilesas esas tres neutrales palabras con tono de lánguida interrogación.

—No sé. Hablar con quien me contrató, supongo. Decirle...

—¿Decirle qué? ¿Que renuncias? Por favor, Sebas, no seas tonto. ¿Crees que te dejarían ir así nomás?

—No pensaba eso. Pero alguna salida tiene que haber.

—¿Alguien más sabe de esto? ¿Pixel?

—Eres la primera.

—Algo es algo.

—Nikki.

—No se me ocurre nada. Tendrás que esperar, supongo. Hijo de puta.

—Ya te pedí disculpas.

—No era a ti.


Pero no le dijo nada. Al llegar a la casa, vio un Ford Cherokee negro estacionado a la puerta. Era el auto del jefe de Nikki. Discutían acaloradamente. Cuando lo vio acercarse, Nikki se bajó del auto. El doctor Donoso saludó a Sebastián con una leve inclinación de cabeza, y partió.

—Iba de visita a casa de unos amigos por aquí —dijo ella—. Me dijo que me podía acercar. Eso es todo.

Sebastián se dio la vuelta y se dirigió a la casa como si tuviera prisa de perderse en ella. Nikki lo siguió. Una vez adentro, gritó:

—¿Quieres saber la verdad? Está bien. Pero escúchame, que no lo repetiré. Donoso me quiere chantajear. ¿Estás tranquilo ahora?

—No me mientas —gritó Sebastián—. No me mientas.

—De eso hablaba con él —dijo ella, bajando la voz—. Quería saber qué hacías en la Ciudadela. Creía que, siendo tu esposa, lo sabría. Si no le contaba, haría que te enteraras que... hablaba por teléfono con Guillermo. Por favor, deja que termine.

—¿Te... te viste con Guillermo?

—Una vez. Te prometo que sólo una. Y sin querer. Apareció en la oficina sin avisar. No pasó nada, más bien aproveché para decirle que no me llamara más.

—¿Hablabas con él?

—Me llamaba de vez en cuando, y yo tenía miedo a colgar. Me acordaba de lo violento que era. Pero al final me armé de valor y le dije que me dejara en paz. No quería que te enteraras, sabía que pensarías lo peor, no me creerías. No pongas esa cara, te estoy diciendo la verdad. Tú tampoco me dijiste nada.

Con dolor, con rabia, Sebastián debió reconocer que ella tenía razón: no podía acusarla de no haberlo puesto al tanto de lo que ocurría; él tampoco lo había hecho. Era deprimente: habían logrado establecer una relación gracias a la complicidad de mil secretos.

—No entiendo —dijo—. ¿Por qué le interesa a Donoso saber qué hago en la Ciudadela?

—No sé. Ni siquiera sé qué carajos haces tú allá. Si me lo cuentas, quizás tendría una mejor idea.

Se acercó a Nikki y la abrazó. Le dijo que le contaría todo, y le pidió que hiciera lo propio. Prometió creerle.

—¿Quién comienza? —preguntó ella.

debí decirle toda la verdad sin vueltas estuve a punto qué ganas y la tele a todo volumen fuerte el ambientador las orquídeas me atosigan los mejores momentos en el parque cómo arriesgarse son tan frágiles cómo confirmará sus sospechas lo sabía lo sabía eres una loca no hay circunstancias atenuantes y no digo lo que debo decir él tampoco y arreglamos las cosas y no todo parece y sin embargo sin embargo da rabia que no confíe más en mí debería contarme todo con razón tan nervioso el pobre carita de niño bueno y resulta que con secretos y yo yo qué peor aún debe ser así mucha verdad es difícil una idealiza y tampoco hace nada para cambiar las cosas si no le digo debe ser algo será que realmente me importa lo que piensa de mí pulpito wawita mi ser digital no no tanto como él seguro pero me importa sí sí pequeñas victorias quién lo ha dicho quién lo ha vivido quién lo ha contado y de cómo eso sí que no sé día a día un resbalón un lento acercamiento sin querer o quizás sí corazón coraza somos menos fuertes la soledad cansa hecha a la que y de por ahí el otro extremo eso tampoco sería el colmo que la tele que los vecinos cerrar el libro imposible concentrarse me gusta r.e.m. cesaría evoria también qué raro de nuevo un anillo antigua su perfil no será hermoso pero la otra noche estuvo alucinante como plastilina hace lo que se me ocurre bueno no todo qué será de wara volverla a encontrar en *tomorrow* pero esta vez no creo que él se anime además le dije que ya nunca las cajas de pandora no deben abrirse no es por mí pero él se rayaría entonces me preocupa su opinión no es eso no eso ah qué mierda abrir y cerrar las puertas todo a la vez romántico no pero tiene algo botas negras hasta la rodilla debería usar eso esta noche pero hay que estudiar para qué saber de leyes si no sirven de nada cinco años y más para ser abogada aprendí más con donoso en menos tiempo y ahora mi ser digital será que por eso será porque sé a qué te dedicas de qué querías protegerme una se entera de todo tarde o tarde sé a qué te dedicas será por eso mi cabeza o mi cuerpo mi reino por una cabeza mi reino por un cuerpo todos los cuerpos el cuerpo conocer la ciudadela qué miedo todo ya me lo contarás es jugar con fuego da miedo qué podemos hacer poca cosa somos digo la punta del ovillo eso si estuvieras de su lado te dejaba ya mismo eso sí que no tiene perdón pocas cosas así no entiendo cómo lo elegimos presidente ahí sí me lavo las manos pero tú no votaste por él mejor no me acuerdo de eso ahora entiendo querer borrar con el codo lo hecho con la mano algo es algo *top secret* en la ciudadela hecho al de su bando pero en realidad no conspirando planeando la caída con quiénes quisiera saber con quiénes oposición no falta pero es arriesgado a quién se le habrá ocurrido donoso hijo de puta donoso hijo de puta pero una tiene que hacer lo que tiene que hacer qué entonces renuncio eso es lo que tengo que decirle eso ya me cansé no debí haber aceptado jamás debí haberle dicho no guillermo no te quiero ver más olvídate había algo había algo decía que no y más quería verlo sacarme la espina será confirmar que lo que pasó pasó debí haberlo sospechado hijo de puta proponerme eso como si fuera fácil nunca más me oíste nunca más y donoso cómo sabía que me vi con guillermo muerde su puro escupe al suelo y sí querida una por otra es negocio y ahora sebas sabe que me ví con guillermo y me cree caja de pandora y si no supiera qué nada cambiaría no es una cosa o la otra una va conociendo al otro y punto descubre sus verdades mentiras y punto sería ridículo que nunca me gustaron los machitos bueno guille un gallito de primera entonces dónde mi teoría qué sé yo de mí misma le encantaba pelear cuántas veces lo habré visto armar bronca eso era lo peor era el que iniciaba la joda unos tragos y a agarrarse de puñetes con el primero que me miraba las piernas y eso que era él el que jodía ponte tu minifalda ponte tu minifalda quién los entiende y ya clarito la veía venir se comía las palabras un pollo de primera línea con dos whiskies listo para la foto debí haberle sacado más fotos volaban los vasos los ceniceros se manchaba mi vestido claro jamás pensé que a mí me tocaría su bronca la vez de ese sopapo la de los paraguazos todavía duele qué habrá pensado que ponga la otra mejilla la que todavía ama a este boludo faltaba

eso se va al carajo entonces qué y por qué me gusta no es gallito da risa imaginarlo de espía en la
ciudadela qué ternura no contarme nada jugar
con fuego uno se quema debería contarle todo debería por qué sigo ahí no sé y si guillermo se ense-
ñó con donoso y todo una trampa para mí tendrá
fotos me habrá filmado con él no hice nada malo
nada grave aunque quién me escucha tan fácil ma-
lentender tan fácil sí es capaz el hijo de puta su pequeña venganza que se joda mi relación con sebas
confiesa estás en otra cierra el libro mejor me lavo
la cara me preparo para la cama sebas en otra todo
el tiempo metido en su computadora la tele a todo volumen y nadie la ve un día de estos cambio
el orden de los muebles ya me cansé otro color en
las paredes no sé algo las hay independientes de
verdad lo pienso irme de mochilera a donde sea
con pareja suena mejor ni lo pienses eliana no será
contigo y si lo es es también con sebas eliana haciendo de wara sebas sé buenito anímate no ten-
gas miedo qué diría guille si me escuchara el raye
de su vida una santa paloma según él no tanto al
final ah wálter debí haberte sacado más fotos entonces qué quién me entiende quiero el blanco y
el negro y el gris qué estupidez la coherencia y los
peces pobres peces las plantas pobres plantas y
vendrá la noche y me siento mejor la paz una pe-
sadilla qué injusta soy la pasé bien pero los malos
recuerdos pasar la página río tiene sus bemoles
quién lo diría pasión y estabilidad será que se puede las dos será que quien mucho abarca poco
aprieta será que me puedo ir y quedar a la vez por

qué me hago un nudo con todo por qué no es todo más fácil más fácil más fácil contentarse con lo
que nos toca nunca que sebas aproveche con o sin
wara porque esto no me dura mucho pronto muy
pronto las ganas de hacer las maletas comenzar a
cruzar puentes sin que nadie me pueda encontrar
nadie ni siquiera yo misma

A la mañana siguiente, Sebastián fue al periódico muy temprano, más por abandonar la casa y la incomodidad que sentía al lado de Nikki que por ganas de trabajar. Nikki le había pedido hasta el cansancio que no sintiera celos ni de su ex marido ni de su jefe. Le hacía recordar malos momentos vividos con Guillermo, un Otelo desaforado. Le había implorado entre lágrimas que no fuera ridículo. Pese a sus propios esfuerzos, Sebastián se mantuvo en su actitud tozuda. No podía borrar de su mente la expresión de la Tailandesa al ser sorprendida con Donoso. Esa expresión le decía mucho más que mil palabras. Salió sin afeitarse, con una sudadera rosada que era motivo de burla de sus amigos. El sol despuntaba con cautela, los charcos de agua en las aceras y las calles reflejaban el paso aletargado de las nubes.

Las palabras de Nikki revoloteaban en torno suyo. Pero tú qué crees, ¿que te pongo cuernos con Eliana, con mi jefe, con todo el mundo? ¿Cuándo carajos vas a comprender que de verdad te amo? Quizás estaba exagerando. ¿Por qué diablos tanta inseguridad? ¿Sería así todo el tiempo con ella, viviría angustiado y de paso la haría infeliz? De una forma u otra, eso debía acabarse. Era intolerable, tan poco de casados y ya turnándose para dormir en el sofá.

Al pasar por la que fuera casona del Tío Jürgen, atisbó con miedo detrás de los pinos desastrados, como esperando encontrarse con un fantasma con chamarra de paracaidista. El jardín lucía descuidado, el pasto amarillento y un triciclo herrumbrado cerca de las escalinatas que conducían a la puerta principal. ¿A quién habría pertenecido ese triciclo? Las ventanas del segundo piso se asomaban, polvorientas y oscuras, a la calle. ¿En qué habitación se había fraguado la eliminación de los opositores? ¿Qué sería del Tío?

No. No lo haría.

Se sorprendió de descubrir que la pared que separaba al Cuarto Iluminado de la oficina contigua había sido eliminada. Ahora el Cuarto Iluminado era una amplia y luminosa sala, llena de escritorios vacíos sobre los cuales reposaban, a la espera de su encendido para el vómito continuo de datos e imágenes, elegantes iMac DVs en fundas de plástico. Al lado de Najda y Naomi había un póster de Lara Croft, la ubicua heroína ciberespacial. Los shorts apretados, los senos que reventaban en la apretada polera verde fluorescente: los que la habían diseñado eran hombres, sin duda.

Pixel y Braudel trabajaban en una propaganda para un supermercado. Sebastián se sentó y encendió la computadora.

—¿Qué pasó aquí? Yo ya no me entero de nada.

—Nos vamos para arriba —dijo Braudel—.
El Uruguayo es un maestro. Han aprobado el presupuesto para contratar cuatro creativos más.
Hasta el fin de semana estarán aquí. Y esa sudadera, ¿de tu esposa?

—Qué bien, qué bien... —dijo Sebastián
por lo bajo, sorprendido por la locuacidad de
Braudel. Ignoró el último comentario, tuvo un
poco de nostalgia por esa época en que en el
Cuarto eran sólo tres, y había mucha camaradería,
y no había Ciudadelas tentándolo.

—¿Tan temprano aquí? —preguntó Pixel.

—¿Y ustedes qué? No me digan que duer-
men aquí —dijo Sebastián leyendo los titulares de
un ejemplar de TP tirado sobre la mesa, sospe-
chando que cualquier rato se encontraría con algo
del tipo Incendio en el Archivo Nacional: valiosos
documentos destruidos. Era el siguiente paso lógico: deshacerse de las pruebas y los negativos, y
luego de las personas detrás de las cámaras y los
libros y las grabadoras, y luego –o quizás antes–
de las personas que habían ayudado a que Montenegro se deshiciera de las personas, de las pruebas
y de los negativos.

—Eres el único con compañía segura en
la cama —dijo Pixel, despeinado y con los ojos
rojos—. Hasta las putas y los hospitales cansan.
Aquí por lo menos está Braudel. ¿No, compadre?

Braudel no dijo nada.

—¿Algo para Fahrenheit?

—Vas a tener que hacer el de cocina. Elizalde no dejó nada. Parece que se fue de joda a

Santa Cruz, sin previo aviso. Alissa estaba que ardía ayer, sus minutos están contados.

—Lo mismo de siempre.

—Esta va en serio. Oí rumores. Ya redactaron su carta de despido.

Pixel le dio la espalda y volvió al trabajo con Braudel.

—¿Tu papá? —preguntó Sebastián.

—No tengo ganas de hablar del tema.

Había cambiado con Sebastián, no quedaban dudas, no era paranoia suya; estaba más seco, menos dicharachero. Lo trataba como un compañero de oficina más y no como el amigo que se consideraba. Quizás, como sugería Braudel, la razón era Nippur's Call y no debía sentirse culpable. Lo miró como si fuera a transformarse delante suyo en una princesa guerrera, con una espada encantada entre las manos y un sortilegio en los labios. El cuerpo de Schwarzenegger en Conan y la cabeza de un creativo de periódico. Era cómico. Era tema para otro Ser Digital.

Quizás Braudel le había mentido y Pixel tan sólo se había dado cuenta que le escondía muchas cosas. No era necesario ser particularmente intuitivo o perceptivo para ello. Era suficiente estar cerca suyo, respirar su aire viciado, darse cuenta de su mirada nerviosa que no se detenía en nada, de su pulso inquieto. Y era tan fácil arreglar eso, llamarlo al café, revelarle sus secretos. Tan fácil, pero quizás no lo mejor. Quizás ya era tarde, y se necesitaba una gran dosis de ingenuidad para creer que con el descubrimiento del enigma se borraban las semanas a la sombra.

¿Debía pagar el resto de su vida por un error? ¿Se la pasaría tratando de enmendar las bases trizadas de su mundo, corriendo al galope para cerrar el abismo que mediaba entre una versión y otra de sí mismo? Recordó con nitidez un incidente de su infancia: cuando jugaba a las carreras de dinkys con Paglia, su vecino y mejor amigo, un chico tres años mayor que él que le había enseñado a leer, a sumar y restar, a jugar al fútbol. Tenía una gran destreza mecánica, y había arreglado un BMW de manera tal que siempre ganaba las carreras. Una mañana, Sebastián encontró la puerta abierta de la casa de Paglia, entró a su cuarto, robó el auto y lo aplastó con una piedra. Luego se arrepintió. Pidió disculpas y fue, aparentemente, perdonado. Pero su amistad nunca volvió a ser la misma. La confianza estaba más deshecha que el BMW. Así era su vida ahora: un acto equivocado dejaba imborrables secuelas.

Sebastián dejó escapar un hondo suspiro y se enfrentó sin ganas a las fotos de frutas y platos y postres para La Cocina Semanal. Qué ganas de injertar colas de cangrejos en cuerpos de salmones, y pintar las escamas de turquesa.

A las diez apareció Alissa en la puerta, los ojos azules, la Samsung en la mano y acompañada por una adolescente de largas trenzas rubias y mirar desconcertado. Sebastián la conocía vagamente, era sobrina de Alissa y de vez en cuando merodeaba por las oficinas del periódico, seguro pensando que pronto, muy pronto, le tocaría hacerse cargo de todo. Era el destino alegre e irremediable de los Torrico.

—Qué sorpresa, tan temprano por aquí —dijo Alissa dirigiéndose a Sebastián—. Pensé que nos habías dejado del todo.

—He estado viniendo casi todos los días. Lo que pasa es que me voy temprano.

—Mucho trabajo en la Ciudadela, ¿ah? Entonces tendremos que sentirnos con suerte de que estés con nosotros al menos unos minutos.

Mucho trabajo en la Ciudadela. ¿Qué había querido decir con eso? El tono insinuante, las palabras como latigazos. Río Fugitivo era una ciudad tan pequeña, los rumores corrían, quizás a estas alturas todos ya sabían en qué andaba metido.

No debía estar tan a la defensiva y creer que todos conspiraban contra él.

Alissa presentó a Nicola. Estaba en Cuarto Medio y, como les había anunciado Junior, trabajaría con ellos un par de veces a la semana. Era muy talentosa para el dibujo (rubor en las mejillas), quería estudiar diseño gráfico en Los Angeles (sonrisa vacilante) y necesitaba ganar experiencia (movimiento afirmativo de cabeza). Pixel y Braudel asintieron, complacidos. Sebastián los miró: él no sabía nada. No podía quejarse, era él quien había pedido trabajar medio tiempo. Los jóvenes venían empujando con serruchos y motosierras, y si no se cuidaba pronto lo cortarían en pedazos y lo dejarían para los cerdos. Pronto nadie se acordaría de los Seres Digitales, y su cuarto de hora se habría desvanecido en el aire, como se desvanecían los secuaces de Montenegro.

Nicola entró con aplomo mientras Alissa la filmaba, sus trenzas bamboleantes sobre sus pechos leves, y se sentó frente a la computadora de Pixel, en la que flotaban las imágenes de Raquel Welch. Naomi y Nadja la miraron con aire desafiante. ¿Una mujer en su templo? Sebastián se dijo que ella quizás conocía a Wara, andaban por la misma edad, seguro estaban en el mismo círculo social, Río Fugitivo no era muy grande. Pixel le dijo a Braudel que trabajara solo un rato, le voy a dar un par de instrucciones a la sobrina.

Sebastián alcanzó a divisar la sorna en la expresión de Alissa cuando se iba, y entendió el mensaje: te queremos aquí, Sebastián. Pero mejor te dejas de huevadas y vuelves con ganas al trabajo, porque se nos acaba la paciencia.

Sí, todavía era posible volver a lo de antes. Dejar la Ciudadela, recuperar a Nikki y a Pixel, asumir el rol que Junior y Alissa tenían planeado para él. Todavía era posible pensar que era posible.


Al mediodía sonó el teléfono. Era de la clínica, urgente. Braudel le pasó el auricular a Pixel, que escuchó unos segundos, pronunció tres monosílabos y colgó. Salió a la carrera; Sebastián lo siguió y se metió al taxi con él.

Recorrieron el trayecto sin hablar una palabra, Sebastián apoyando su mano izquierda sobre la rodilla derecha de Pixel, dejando que la brisa que entraba por la ventana le golpeara el rostro, lo despeinara. El sol se apoyaba en los letreros de publicidad y en las paredes de los edificios, los jacarandás plantados por el alcalde desfilaban raudamente por la acera, al igual que los rostros digitalizables de los vendedores y los transeúntes y los motociclistas.

Cuando llegaron a la clínica, un médico de bigote entrecano y pinta de golfista sabatino se acercó a Pixel en la puerta de la habitación, y le dijo:

—Quisiera decirle con tacto que su papá ha muerto, pero no se me ocurre cómo.

Pixel entró a la habitación con el doctor. Sebastián se quedó fuera, sentado en una banqueta. ¿Qué habría sido de la mancha en el pulmón de su mamá? Y su papá, ¿cuánto tardaría en volver? Ah, ese vínculo extraño entre los hijos y los padres, esos lazos que podían doblarse y hasta olvidarse durante décadas, pero que terminaban, inevitables, invencibles, reapareciendo, compareciendo en los gestos más nimios, en las frases más inofensivas. No quería pasar nunca por lo que estaba pasando Pixel. No quería rezar nunca por la salud de un ser querido, colgarse amuletos al cuello como ritual supersticioso que sacaría al enfermo de su postración, despertarse a las tres de la mañana con pesadillas de accidentes y entierros.

Había, después de todo, peores situaciones que aquélla en la que se encontraba. Tocó madera. Tocó la amatista.

Pixel salió a los veinte minutos con el rostro demudado. Lo abrazó en silencio.

Luego le dijo que se fuera, había que arreglar muchas cosas administrativas, buscar una funeraria y demás, y prefería hacerlo todo solo. Sebastián le dijo que, pasara lo que pasara, lo acompañaría. Llamó al periódico para informar a Junior de lo ocurrido.

Llegó a casa al atardecer. Estaba emocionalmente agotado. En la funeraria, Pixel se había apoyado en su hombro y se había quebrado con un llanto lastimero. Se sintió hermanado a él; no creía volver a compartir con ningún amigo un momento tan íntimo como ése. El encanto se rompió cuando Pixel lo miró a los ojos como si no lo conociera.

—Soy yo, Pixel. Sebastián.

Pixel lo siguió mirando un buen rato, sin dar muestras de reconocerlo. Luego se apoyó en su hombro y continuó con el llanto.

Nikki no había llegado. Quiso hablar con Isabel, pero no la encontró. Se encerró en el escritorio. Arregló las fotos que ella le había dado, hizo que en una de ellas apareciera una pareja de expresión alegre en las playas de Río de Janeiro. Pero el que la abrazaba no era el mismo de la otra foto. El hombre, estaba seguro, era el Ministro de Agricultura, un joven tecnócrata, protegido de Montenegro, casado con una argentina. Ahora entendía las cosas un poco más. Dos hombres en la vida de Isabel, el esposo y el amante.

¿Al igual que Nikki?

Poco saludable obsesión la suya, terminar siempre relacionando todo con Nikki.

Isabel: pese a que no la veía mucho, le había tomado cariño. Quería que fuera feliz. Que no trabajara en la Ciudadela, que no se manchara las manos formando parte de ese grupo turbio y secreto de dueños del secreto. Se acordaba de ella en su oficina, tratando de enviarle, nerviosa, un mensaje urgente, sugiriéndole que se fuera, todavía estaba a tiempo. Debía haberle hecho caso.

Pensó en Pixel tratando de sumirse, con Nippur's Call, en el fango poco sagrado de la computadora, y en Nikki discutiendo con su jefe, la expresión de desconsuelo de la amante a punto de ser abandonada. ¿Había sido un invento esa historia de su ex marido y el chantaje? Sonaba como traída de los pelos.

En cierto modo, agradecía que Isabel no hubiera estado. ¿Qué carajos le habría dicho?

No sabía qué hacer.

Se sirvió un vaso de vino tinto y encendió el televisor. Regó las plantas, alimentó los peces en el acuario, se preguntó dónde estaría Nikki. Jugó con el control, se detuvo al ver al demonio de Tasmania, su dibujo favorito.

Estaba cansado de vivir en ese piso. Debía de una vez pagar la cuota inicial del departamento que le había encantado al otro lado del río. Si lo pensaba mucho podía perderlo: había mucha demanda de departamentos en Río Fugitivo.

¿Una habitación? ¿Dos? ¿Tres? ¿Seguiría viviendo con Nikki? ¿Tendría hijos?

Fue al baño. Al volver, se disponía a echarse en el sofá cuando notó algo raro en la foto grande del living, aquélla en la que había posado con Nikki minutos antes de la boda: él había desaparecido, y ella estaba sola, agarrando un ramo de rosas en el lado derecho del rectángulo (una rosa con la cabeza mustia, incongruentemente desalentada mientras sus compañeras apuntaban erguidas hacia la barbilla de Nikki).

Él había desaparecido, y la Tailandesa estaba sola.

Trémulo, entró al cuarto y comprobó que también había sido difuminado de los portarretratos: paisajes desprovistos de presencias en marcos de plata oxidada.

Sacó el álbum de su luna de miel: la imagen que debía acompañar a la de su esposa había desaparecido. Fotos de la playa de arena blanca en Antigua, en la que los cuerpos se ahogaban en un iridiscente mar de luz y Nikki ofrecía su carne húmeda y tostada al despiadado ojo de la cámara, unos hilos de lycra amarilla fluorescente como descarado pretexto de bikini. Fotos a la entrada del hotel hipermoderno que simulaba la visión que tuvieron los arquitectos del siglo diecinueve de una fortaleza medieval, Nikki sonriendo con su Olympus en la mano izquierda, el brazo derecho suspendido en el aire en línea horizontal, abrazada a una entidad incorpórea, a un ser que había ido al Caribe a pasar una desaforada luna de miel y había regresado entero y de pronto descubría que los testimonios de su presencia bajo el pleno sol se habían borrado, no quedaban ni siquiera vestigios de su paso por sargazos palpitantes y horizontes infinitos.

Eran burdos trabajos, en los que a veces se notaban las sombras de la silueta difuminada, o se había dejado flotando un hombre en el aire, o no se había rellenado con los colores justos el espacio vacío que dejaba en la foto el cuerpo ahora ausente de Sebastián. Trabajos hechos a prisa. Pero eran muchísimas fotos. ¿Podrían haber hecho todo ese cambio en un solo día? Imposible. Seguro se trataba de algo que venía haciéndose desde hacía tiempo. ¿Y cómo sabían de la exacta ubicación de cada una de las fotos? ¿Tendría algo que ver Nikki en todo esto?

Imaginó a varias personas de rostros siniestros y trajes negros, entrando a su piso por las tardes, mientras él estaba en la Ciudadela y Nikki en la universidad.

Trabajos burdos. Como si Pixel se hubiera encargado de ellos.

Sentado en la cama de su habitación, rodeado de álbumes de fotos sobre el cubrecama celeste y la frazada con un sol gigante en medio de estrellas, Sebastián se palpó el cuerpo como cerciorándose de que existía, de que no estaba soñando lo que le ocurría o no pertenecía al sueño de otro.

Debía revisar los demás álbumes.

Temió abrirlos, descubrir que había desaparecido del todo. ¿Quién...?

El entierro del papá de Pixel se llevó a cabo bajo una llovizna pertinaz. Hubo poca gente, Braudel y otros compañeros de TP y algunos ancianos que dijeron las encomiables palabras de turno mientras un gato gris saltaba entre los sepulcros con epitafios que Sebastián imaginó irreverentes. «No pudo vivir para contarlo. ¿Qué fue de mis prometidos quince minutos de fama?». Sebastián los escuchó sin escuchar, y miró sin mirar el féretro negro a punto de perderse en el hueco rectangular que lo esperaba a su lado, refugio de gusanos inquietos. Los ancianos y Braudel y Pixel aparecían y desaparecían de su campo de visión, materias sin solidez o fantasmas con carne. Esa sensación de que la gente a su lado se desvanecía sin esfuerzo lo acompañaba desde su desaparición de todas las fotos en su piso, incluso las que había archivado en el disco duro de Lestat. Por la mañana, había visto por unos segundos a la Mamá Grande sacando polaroids de su esposo en el jardín, y pensó, asustado, que pestañearía y el esposo ya no estaría. Fotos que le robaban el alma a la gente.

—Padre —dijo el cura de sotana y ojos saltones—, recibe en tu seno a este hijo tuyo...

¿Quién, y por qué? ¿Los de la Ciudadela,

que de algún modo se habían enterado de sus dudas y le advertían así que el próximo en desaparecer sería él? Era lo más obvio. Pero, ¿cómo lo sabrían? ¿Isabel?

¿Nikki?

Había tenido una nueva discusión con ella. Cuando llegó a casa la noche anterior, olorosa a perfume, Sebastián se sentó en el sofá y se dispuso a contar los minutos para ver en cuánto tiempo se daba cuenta de lo ocurrido. No había pasado ni medio minuto cuando le dijo que había algo raro en su foto de casados. Sí, no estoy yo. Le mostró los portarretratos y los álbumes; si actuaba, era digna del aplauso: parecía verdaderamente sorprendida. Tenía miedo, quería llamar a la policía. Él le dijo que eso complicaría las cosas. Ya se le ocurriría algo. No dejó de mirarla con sospecha, y ella se dio cuenta. Tiró una maceta al suelo y dijo que no podía vivir así. Salió a la calle en busca de un taxi. Él la siguió.

—Tranquila, Nikki, tranquila.

—Déjame en paz, por favor. Todo tiene su límite. No sólo te pongo cuernos con todo el mundo, también te sigo y te hago desaparecer de las *fucking* fotos. Tú eres el que se tiene que calmar. Cuando lo hagas, estaré en casa de Eliana.

Se sentía solo. Estaba solo.

O quizás los responsables eran miembros de un grupo clandestino de opositores a Montenegro, que sabían que trabajaba para la Ciudadela y por ende para el gobierno. Una forma de decirle que más le valía parar.

No quería continuar difuminando a nadie, por más jefe de paramilitares que fuera. Le hubiera gustado abrir la boca, desahogarse con Pixel o cualquiera, pero ahora tenía la sensación de que detrás de cualquier rostro podría estar agazapado el enemigo (y era de un escandaloso patetismo no saber si lo buscaba el gobierno o la oposición).

La otra opción era huir, cruzar puentes hasta llegar a alguna frontera, o refugiarse en algún sótano, o ser más Pixel que Pixel y meterse en un juego estilo Nippur's Call y asumir otra identidad.

El cura terminó de rezar; el féretro fue colocado en el hueco, y cayó la tierra sobre él. Pixel lloró, el cuerpo sacudido por convulsiones, y prometió venganza a gritos. ¿Venganza de qué? Sebastián se asustó; capaz que Pixel desenvainaba una espada y los partía en pedazos después de pronunciar algún conjuro mágico. Braudel se acercó a calmarlo.

En el Cuarto Iluminado esa mañana, al lado de Nicola, escuchando a David Bowie en su mejor imitación de Nine Inch Nails (el reciclaje enseñado a los viejos rockeros), Sebastián descubrió que su email no funcionaba. Era de esperar, después de todo. Había escrito su password con la poco disimulada intención de ver si había algún mensaje de Nikki, y la máquina lo rechazó con su desenfadado formulario de palabras que algún programador le había enseñado al software. El cerco se cerraba, se le iban cortando los medios de comunicación, y no sería raro llegar a casa y encontrar desconectado el teléfono. Le quedaba su voz, capaz tanto de gritar como de murmurar, pero hacía rato que el miedo había atenazado sus cuerdas vocales, y los secretos se habían enredado en la laringe, y ya era muy tarde, las ondas acústicas no podrían salir a la superficie aunque quisieran (o saldrían, pero pronunciarían palabras inofensivas, el estado del tiempo o algún nuevo truco aprendido en Photoshop).

Fue a la oficina de Alissa a quejarse, sabiendo que no tenía sentido. Ella hablaba a gritos por su celular, de cara a la ventana por la que se veía un pedazo del casco urbano de Río Fugitivo (habría que cambiar esa monótona imagen).

—Alissa, mi email no funciona —dijo apenas ella terminó de hablar.

—Y a mí qué carajos me importa —respondió ella, marcando un número, sus ojos grises mirándolo con furia—. ¿Supiste lo que pasó con Inés? Mierda de Inés. Mierda. Y tu querido presidente hará una visita relámpago al Chapare y hará una escala por aquí, el alcalde ha convocado a una manifestación de apoyo esta tarde. Se cae el mundo, y el pelotudo me viene a joder con su email. ¿Hola? Me comunica con... ¡Mierda!

Salió de la oficina maldiciendo a los celulares. Sebastián fue tras ella y se encontró con Rosales en el pasillo, se dirigía a paso rápido a la sala de redacción. Le preguntó qué pasaba con Inés.

—Un escándalo —respondió sin detenerse. Sebastián fue tras ella. Al fin se enteró de lo ocurrido en la sala de redacción: en un reportaje aparecido ese día en Veintiuno, la novia del joven al que Inés le había tomado las fotos tirándose del puente decía tener pruebas de que Inés había pagado por tomarlas. Su novio hacía rato que planeaba su suicidio; gracias a un amigo que trabajaba en el periódico (¿Braudel?), se enteró del proyecto de Inés, pidió reunirse con ella y sugirió estar dispuesto a tirarse del puente a una hora convenida, a condición de que Inés le diera una determinada suma de dinero a su novia. Inés había aceptado sin pensarlo mucho, y la novia también, pero una vez que recibió el dinero se arrepintió de formar parte de semejante tramoya.

Sebastián se quedó en la sala leyendo los cables que llegaban a la computadora. Tardó unos minutos en darse cuenta de lo que se le estaba contando. Era difícil creerlo: ¿Inés? Era cierto, ella argumentaba con vehemencia que otras épocas ya habían hecho lo que podían hacer ahora los fotógrafos digitales, que no era nada nuevo manipular la imagen fotográfica. Sin embargo, una cosa era eso, y otra manipular la misma realidad, convertirla en un evento, una representación digna de ser fotografiada o filmada. Como para aprender de una vez por todas y para siempre que había múltiples niveles de manipulación de los hechos y las cosas, y que mientras él lo hacía frente a una computadora creyéndose el ser más perverso de Río Fugitivo, otros lo hacían sin mediación de pantalla alguna, enfrascados en alterar la realidad para que ésta se aviniera a sus planes. Creía haber estado inmerso en la zona de sombra, alterando los hechos de la historia desde bambalinas, y en cierto modo lo estaba, pero nunca de la manera en que otros los alteraban. Se fraguaban suicidios cinemáticos desde la zona de sombra, se desplazaban tropas y fluía el dinero y se derribaban gobiernos y se eliminaban opositores desde la zona de sombra.

¿Inés? No podía ser. ¿Quién le decía qué era cierto ahora? ¿Qué creer?

Más tarde vería, en la televisión de la cafetería, en medio del tumulto, a una Inés demacrada y de ojos parpadeantes declarando frente a las cámaras que todo era una trampa urdida por los de Veintiuno, para difamarla y sabotear a la competencia. Junto a ella estaba su abogado, el doctor Donoso. Y junto a Donoso, aunque la cámara enfocaba apenas un pedazo del cuerpo (el hombro y la oreja derechas), se hallaba, Sebastián estaba seguro de ello, Nikki. El negro pelo rizado, el color de la piel.

Le pidió al mozo que cambiara de canal, a ver si en otro se veía completa. Nada. Los demás canales estaban más preocupados por repetir la telenovela de la noche anterior.

Estuvo toda la tarde en la Ciudadela. Debió trabajar en algunas fotos, comenzarían a sospechar de su inactividad. Quiso hablar con Isabel;

un hombre flaco y de rostro chupado que ocupaba su oficina le dijo que ya no trabajaba allí.

—Mucho gusto —dijo él extendiéndole la mano—. Rolando Peñaranda, su nuevo jefe. Acabo de llegar de La Paz.

—Isabel. ¿Dónde está?

—Se tomó unas vacaciones, tengo entendido. A una isla del Caribe.

Sebastián lo miró, incrédulo.

—Imposible. ¿Usted cree que soy un imbécil? Por lo menos busque una buena excusa.

—Lo siento. Eso es lo que me dijeron.

—Ustedes... ustedes...

Abandonó la oficina tratando de aparentar calma. Sintió un estirón en los ligamentos. Caminó cojeando un buen rato. ¿Qué sería de Isabel? ¿Tirada en un descampado con un disparo entre las cejas? Hijos de puta.

¿Y de qué se preocupaba, si ella era la responsable visible de su corrupción, el núcleo en torno al cual giraba el proyecto de reconstrucción digital del pasado de Montenegro? Y sin embargo... a pesar de su sequedad, era muy amable con él, y parecía interesada en protegerlo. Estaba enamorada del Ministro de Agricultura, de quien se decía que era uno de los posibles sucesores de Montenegro, y seguro no se resignaba a oficiar de amante. Tenía un rostro lindo pero insípido.

¿Qué sería de Isabel?

Entonces pensó que, la vez que Isabel le había sugerido que se fuera de la Ciudadela, no se trataba tanto de un mensaje para él como de un desesperado grito en busca de auxilio. Ella no podía decirle nada de frente, debía recurrir a alguna clave. Quería que él escapara, y también quería escapar. Él sólo había leído una parte del mensaje, la que le atañía, y había dejado que ella fuera devorada por la Ciudadela.

Imaginó a la Ciudadela como uno de esos organismos autónomos que había visto en alguna película de ciencia ficción o en algún videogame en el departamento de Pixel. Un organismo que se autogeneraba, que creaba a quienes lo creaban y luego se deshacía de ellos. Los caminos se cerraban, pronto no habría puentes para cruzar, pronto vendrían en su búsqueda.

Pero no era un ente autónomo. Había seres que lo manejaban desde sus oficinas iluminadas (sus fotos en álbumes y portarretratos). Había Montenegro.

Cuando iba a su casa, se le ocurrió parar un taxi e ir a ver qué pasaba en la manifestación de apoyo a Montenegro. Creía conocerlo mucho, prácticamente había crecido con él, y sin embargo nunca lo había visto en persona, en vivo. Todo había sido imágenes en los periódicos y las computadoras y los carteles publicitarios y la televisión. Debía ir a la plaza y conocerlo de cerca, aunque ese cerca significara al menos una distancia de cien metros, y empujones y malos olores en la multitud. Vería una silueta a la distancia, un perfil recortado con su característico movimiento de cabeza, como ganso en el cortejo nupcial, y creería, como en los conciertos, tener la sensación de la proximidad, el éxtasis religioso ante la aparición de esos héroes y heroínas de la pantalla.

Las calles aledañas al centro estaban bloqueadas. Había policías con perros por todas partes; los imaginó bañados en pintura metálica sobresaturada, con el color de Naomi en el Cuarto Iluminado. La gente acudía en tropel a la plaza, portando banderas del partido y fotos del presidente y del alcalde. Unos cuantos universitarios los insultaban al pasar, les gritaban asesinos, devuélvannos a Merino. Se preguntó a qué iba, y sin embargo siguió yendo. Sintió que alguien lo seguía, alguien lo filmaba a distancia.

Había subestimado el poder de convocatoria del alcalde y del presidente: una multitud copaba las entradas al centro, impedía un mayor acercamiento. Divisó apenas, a lo lejos, flameante en la brisa del atardecer, un lienzo de tela en el que se hallaban dibujados un enorme Montenegro con su mejor sonrisa, y un enorme alcalde con su mejor bigote. Pronto escucharía la voz enérgica de Montenegro a través de los altoparlantes: «y para ellos, los antipatria que no comulgan con nuestro proyecto, sólo nos queda ser lo más despiadados que podemos ser». ¿Cómo decirles? ¿Qué? ¿A quién?

Sentía punzadas en el bajo vientre. En cualquier instante se quebraría. Se desvanecería, y cuando lo fueran a alzar ya no estaría.

Se contentó con ver a Montenegro en la pantalla de una muy publicitada FlatTV de Sony, delgada y liviana como un cuadro para colgar en el living, frente a las vitrinas de una tienda de electrodomésticos a una cuadra de la casa de Pixel. El Bibliotecario pedía limosna a su lado. Tenía una edición de Tiempos Posmo entre las manos; lentamente, la iba despedazando y se metía los pedazos de papel a la boca. Hacía un bollo con los pedazos, y luego lo escupía.

Sebastián se enteró del arresto de Inés cuando llegó a casa y encendió la televisión. Por defraudar a la opinión pública, escuchó decir a una mujer con una falda azul que le llegaba a la rodilla y una camisa blanca, el edificio de Tiempos Posmo en el *background*. Tenía entre las manos un micrófono que blandía como un arma de fuego, apuntándolo hacia los transeúntes (ellos levantaban las manos y disparaban sus insulsas opiniones).

Alimentó a sus escalares y peces espada, voraces de tan descuidados por sus dueños, y regó las plantas. El living todavía olía a ambientador de orquídeas. En el periódico estarían sin saber qué hacer. A Inés la había conocido poco, pero la respetaba: era una fotógrafa de las serias, una profesional admirable, alguien que, si bien no provocaba cariño o ternura, no se merecía lo que le estaba ocurriendo. No se la imaginaba corrupta como todos los demás (como él). Pero uno nunca sabía.

Era extraño verse ausente de la foto de bodas en el living. Ese enorme hueco donde antes hubo una sombra que se hacía pasar por su materialidad. El que lo había hecho no había forzado nada al entrar, tenía llaves de la casa. ¿Lo había

dejado entrar Nikki? Recordó cómo su mamá solía, durante su infancia, reconfigurar continua-
mente los álbumes de familia: si se peleaba con su
esposo lo más seguro era que al día siguiente varias fotos de él eran sacadas de sus páginas; si se estaba llevando muy bien con una de sus cuatro
hermanas, su presencia se incrementaba. Quizás la
solución al problema era personal, y no había que
apelar a ninguna teoría conspiratoria: simplemente, Nikki ya no lo amaba y le había pagado a alguien para que dejara traslucir esa realidad en el
espacio metafórico de las fotos.

¿A Pixel?

Era una respuesta muy simple. Demasiado trabajo para un solo día. Lo había hecho un
grupo de personas de manera concertada. Des-
montar las fotos, sacarlas de los marcos, escanear-
las, manipularlas, poner las nuevas fotos en los
lugares originales.

Entró a su habitación y la notó vacía, sin
darse cuenta al principio del porqué. Lo descubrió:
Nikki se había llevado sus ropas y sus objetos perso-
nales. Los colgadores eran alambres desprestigiados
en el ropero, y no había rastros de los potes de cre-
mas y perfumes y lápices labiales sobre la cómoda y
libros en la mesa de noche. Había llegado, al fin, el
día temido. Nikki se había cansado de su parada en
esa estación anodina, y había retomado su camino
aventurero. Donoso le estaría pagando algún aloja-
miento de cinco estrellas en el centro.

Su corazón latía como enfrascado en una
salvaje taquicardia. Le hubiera gustado tirarse a la

cama y confesar su debilidad entre lágrimas. No, no debía abandonarse al patetismo.

Vio en la alfombra del cuarto unas manchas oscuras. Se le antojó que eran manchas de sangre, como aquéllas del piso de su oficina en la Ciudadela, las de algún profesor marxista muerto durante la dictadura de Montenegro. Se le ocurrió que esas manchas eran de Nikki. Había vuelto a la casa en el día, y había sido atacada por unos desconocidos que lo esperaban a él. Podía estar amordazada en el maletero de un auto, o con un tiro entre las sienes en el río Fugitivo. Había desesperación en su mirada.

O acaso esas manchas habían sido colocadas en la alfombra para hacerle creer precisamente eso, y Nikki recibía en esos momentos el pago por los servicios prestados.

Imposible.

¿Qué creer? Temió lo segundo, se convenció de lo primero.

Salió a caminar al parque. La luna saturaba la noche temprana de luz. Una melancólica pareja de enamorados charlaba en los columpios. Recordó las veces que había hecho lo mismo con Nikki. En la cancha de básquetbol, unos jóvenes escuchaban a Garbage en una radio a todo volumen; desatinadas cigarras intentaban compctir con la estridencia de bajos y sintetizadores. ¿Eran los enamorados y los adolescentes casuales partes del paisaje, o estaban allí para dar cuenta de cada uno de sus movimientos? Todos podían ser sospechosos: la Mamá Grande insistiendo en sacarle polaroids. Pixel grabándolo. Alissa filmándolo. Formas de hacerse de sus huellas, tanto para vigilarlo como para usar ese material en la construcción de un Ser Digital que respondiera a las señas de Sebastián e hiciera cosas que él jamás haría.

Prefirió pensar que Nikki no había desaparecido voluntariamente, y que lo que ocurría era un eslabón más de la cadena envolvente que lo iba ahogando sin misericordia. No debía haberle contado nada; apenas lo hizo, la había implicado, la había convertido en otro blanco para sus perseguidores. Ni siquiera debía haberle mostrado su malestar a Isabel: ése había sido el verdadero detonante, el principio del fin. Debía haberse mostrado feliz en su trabajo, sin cuestionarse nada ni dudar de lo que hacía. Antes de su charla con Isabel, nadie lo seguía, sólo su paranoia y su complejo de culpa le hacían creer que sí. Ahora, había desaparecido de sus fotos, y desaparecerían las personas que lo rodeaban –comenzando por Isabel–, hasta que quedara tan sólo él, como un pugilista ciego tambaleando en el ring.

Había que hacer algo. Lo que fuera.


Esa noche, Braudel llamó a Sebastián.

—Estoy en el departamento de Pixel. Ven rápido, por favor.

Lo esperaba en la puerta del edificio. Subieron en el ascensor.

—No sé que hacer —dijo Braudel—. Estábamos hablando, y de pronto se puso a delirar. Como que no me reconocía. Se encerró en su escritorio. Me preocupa que haga algo raro.

—¿Tomó?

—No mucho.

—Drogas.

—Lo estaba vigilando. Nada delante mío.

Había un olor pestilente en el departamento. El piso estaba sucio, restos de comida en la mesa y frente al televisor encendido (un documental sobre los aymaras). Botellas vacías de cerveza, colillas de cigarrillo sobre la alfombra.

—Está en su escritorio —dijo Braudel. Sebastián vio las paredes y sintió un escalofrío: las imágenes icónicas habían sido reemplazadas por fotos de un individuo en la progresión de la infancia a la muerte. Un niño asomando la cabeza por el hueco de un árbol inmenso; un adolescente montando en bicicleta; un adulto joven festejando su graduación como abogado... Se detuvo: la tercera foto era auténtica; las otras dos eran toscas proyecciones del niño y el adolescente que había sido el papá de Pixel. El niño y el adolescente no se parecían mucho entre sí, y ambos tenían poco que ver con el adulto joven. El patético, conmovedor museo de los esfuerzos inútiles, pensó Sebastián.

Braudel empujó la puerta del escritorio con cuidado. Estaba abierta. Desde el umbral, ambos observaron a Pixel agazapado sobre un bosque de colores supersaturados en la pantalla del computador. Se acercaron; Pixel farfullaba en una lengua extraña.

—¿Cómo estás, Pixel? ¿Cómo va Nippur's Call? —dijo Sebastián con el tono más casual a su alcance. No hubo respuesta: Pixel parecía concentrado en lo que ocurría en la pantalla.

Sebastián le puso una mano en el hombro, y recibió un manotazo; Pixel se levantó y se acercó a Sebastián.

—¿No lo reconoces? —dijo Braudel—. No me digas que no. Es Sebastián.

—Laracroft —gritó Pixel—. ¡Laracroft! ¡Laracroft!

Braudel se puso al medio e intentó separarlos. Pixel se abalanzó sobre ambos; Braudel se hizo a un lado y con un movimiento del cuerpo lo tiró al suelo. Pixel yacía boca abajo.

—Así que experto en artes marciales —dijo Sebastián, tratando de reponerse del susto—. ¿De ahí la cicatriz?

—Me mordió un boxer, a los cinco años.

—Ha debido ser grave, para que te haya quedado la marca tanto tiempo.

—La verdad, no recuerdo nada.

A Sebastián le dolía la mano. Había visto ausencia en los ojos de Pixel. Los había desconocido por completo.

—En cierta forma lo entiendo —dijo Braudel, sentándose sobre la mesa del escritorio—. Cuando falleció mamá yo estaba peor que él. A veces siento que estoy peor que él. El silencio me ayuda. Me vuelven loco mis pensamientos, que no paran y no paran y me agotan. Pero no quiero volver locos a los demás.

—Inés me dio a entender que lo tuyo fue peor.

—Lo mío fue peor. Quizás. Sí.

—¿Por qué?

—Mamá tenía un cáncer terminal. Uno de esos cánceres que te van destrozando los órganos poco a poco. Sufría, padecía noche tras noche, y yo con ella.

Hizo una pausa.

—Un día me dijo que no podía más y que quería suicidarse. Me pidió que la ayudara. Y después de pensarlo mucho, una mañana desperté, agarré una almohada, le tapé la boca con ella, y la asfixié.

Sebastián lo miró a los ojos. ¿Estaba hablando en serio? Era su compañero de trabajo durante tanto tiempo, y nunca habían tenido una conversación íntima. Braudel apagó el computador.

—Yo la maté, pero fue un suicidio —continuó—. Nadie me entendió. Fui a una cárcel para enfermos mentales. Estuve allí siete años.

—¿Y nadie sabía de eso aquí?

—No soy de Río. Vine aquí porque nadie me conocía, nadie sabía de mi pasado. Hubo uno que otro rumor, pero nada más.

—Me dijo Inés que estarás en la portada de su libro.

—Es hora de que todo el mundo sepa mi historia aquí. Será controversial. La mayoría dirá que fue un asesinato a sangre fría y no merezco estar en la portada. Pero la controversia hace

vender libros, ¿no? Inés me cae bien, quiero ayu-
darla.

—Perderás tu trabajo.

—Estoy preparado para eso.

—Perderás muchas cosas más.

—Ya perdí lo más importante. ¿Qué más
puedo perder? Por eso mi cabeza da vueltas y vueltas, y me siento como atrapado en una casa em-
brujada, y me cuesta tanto dormir. Cuesta tanto.
Nunca más de dos horas.

Hubo un ruido en el suelo. Pixel roncaba
profundamente. Los ojos de Braudel transmitían
serenidad; Sebastián quiso acercarse y perderse en
un abrazo. Sin embargo, no pudo mover un paso,
y se quedó inmóvil, desviando los ojos hacia la
pantalla apagada del computador.


Al día siguiente, almorzó con Alissa y Nicola en un restaurante a una cuadra del periódico.
Mientras Alissa peroraba acerca de las ramificacio-
nes legales del caso Inés y Nicola comía una ensala-
da con aire ausente, Sebastián repasaba sus posibles
opciones. Lo primero que se le había ocurrido fue
contactarse con alguien de la oposición. Algún alle-
gado a Merino. O averiguar quiénes eran los críti-
cos más respetados de Montenegro –intelectuales,
historiadores–, y ponerlos al tanto de lo que ocurría. Descartó ambas opciones: eso no haría más
que poner en peligro la vida de esas personas. Por la
misma razón decidió una vez más no hablar con

Pixel (aunque también quedaba la posibilidad, re- mota pero posibilidad al fin, de que Pixel tuviera algo que ver con los de la Ciudadela...).

—La gente está acostumbrada a creer en las fotografías —decía Alissa—, y no se da cuenta de lo fácil que es intervenir en el producto final. Antes, también, pero ahora más que nunca. Una cosa son los retoques que no alteran el espíritu de la composición, pero otra, totalmente otra, lo que ha hecho Inés. ¿Habrá que pasar nuevas leyes, inventar un juramento hipocrático para fotógrafos? No lo sé.

Sebastián también había pensado en ingresar al periódico a la medianoche y, con la complicidad del encargado de las rotativas, publicar en la primera página una foto manipulada de los días de la dictadura, exponiendo así el plan de Montenegro a los ojos exhaustos de la opinión pública (ojos ciegos de tanto ver). Imposible: lo revisaban a conciencia todas las tardes al salir de la Ciudadela, intentar escabullirse con una foto era imposible.

—Inés tiene un buen abogado —dijo—. Donoso. Mi esposa trabajaba para él.

—Un excelente abogado —dijo ella, enfática—. Pero ya sabemos lo que se necesita para eso. Las cosas que le sé... Ahora le está yendo muy bien gracias a sus contactos en el gobierno. Era compañero de curso del Salmón Barrios.

—¿El ministro del Interior?

—Es el único Salmón Barrios que conozco. Otro hijo de puta. Verás que en este país sobran.

Donoso y el gobierno, Donoso tratando de averiguar si Sebastián seguía con ellos... ¿era cierta, entonces, la historia que Nikki le había contado del chantaje? ¿O se trataba de una sofisticada capa más de engaños? Ya no sabía en qué o quién creer. La sobrina resolvía un crucigrama.

Alissa contó que Pixel había pedido un permiso de un mes, y se lo habían concedido.

—Está muy afectado por lo de su papá, hay que entenderlo y apoyarlo.

Sebastián imaginó a Pixel deambulando por los bosques encantados de Nippur's Call, ofreciendo su cuerpo a los bandidos digitales que se internaban en ellos desde sus casas en Perth, en Seattle, en Curitiba. Lo violarían, o se convertiría en una lechuza. No, no volvería al periódico en un mes. No volvería más, pensó con tristeza. Sería el futuro Bibliotecario de Río Fugitivo, deambulando por sus calles con el nombre Laracroft en sus labios, y CD-ROMs en vez de libros en los bolsillos del impermeable.

Llegó el mozo con los platos humeantes, un brazuelo de cordero y un bife de lomo para dos. Nicola pidió una guaraná. Alissa le reveló a Sebastián que Junior y ella habían decidido «abrir un compás de espera» antes de implementar el proyecto del consultor. Sebastián se fijó en los senos de Nicola, muy leves. Habría que digitalizarlos (habría que digitalizar también sus propias entradas en las sienes, su calamitosa pérdida de pelo).

—El Uruguayo está furioso —dijo Alissa blandiendo el tenedor—. Quiere una sección cultural diaria de ocho páginas. Esta carne está buenísima. ¿Me pasas la sal? Es todo un lujo, y sí, queremos mantener la tradición de calidad del periódico, y si es posible ser los mejores. Pero es un poco anacrónico, ¿no? La gente no quiere mucha cobertura cultural, quiere cosas más urgentes, y si nos está yendo bien es porque estamos en sintonía con la gente. Junior y yo preferimos invertir en la edición digital. Queremos independizarla del periódico, que no sea una simple copia. Y vamos a darle todo nuestro apoyo a Braudel.

Sebastián dibujó una mueca. La cara que pondrían cuando saliera el libro de Inés. ¿Cuánto duraría Braudel en el puesto? Estaba bien: no sabía si quería seguir compartiendo una oficina con él. Se estremeció al recordar su historia. Con permiso, por compasión, por amor: sea como fuere, había sido un asesinato. Se esforzaba por entenderlo, por ponerse en su piel, pero no podía.

Un vendedor ambulante se les acercó a ofrecerles banderines y stickers. Sebastián movía la cabeza negativamente cuando algo le llamó la atención. Tomó un sticker entre sus manos: era una figura con la cabeza del Che y el cuerpo de Raquel Welch. Una reproducción de pésima calidad, tomada directamente de Fahrenheit.

—Te jodiste —dijo Alissa—. Te piratearon la idea. Debiste hacerle caso a tu hermana.

—*Fuck my sister.*

Sebastián pidió algunos stickers más: Laetitia Casta y el Subcomandante Marcos. Maradona y Anna Kournikova. Montenegro y Daisy Fuentes. La Madre Teresa y Tuto Quiroga. ¿Dónde estaba su firma? Ni siquiera él se acordaba entre qué pixeles las había enterrado.

—Bueno ché, ¿vuelves con nosotros? —dijo Alissa, tocando al fin el tema para el cual lo había citado a almorzar—. Del todo, me refiero.

Entonces, a Sebastián se le ocurrió qué hacer en la Ciudadela.

—Sí —dijo, con una media sonrisa—. Vuelvo.

—Excelente. Cómo te hiciste rogar —dijo ella— Pero ya está. Te tengo una sorpresa. Nicola, pásame mi cartera por favor.

Alissa le entregó una caja envuelta en papel regalo. Sebastián rompió el papel y se encontró con una cámara digital Nikon CoolPix 950.

—Viene con un software para sacar fotos en 360 grados. Así que mejor aprécia y pon cara de que te gustó el regalo.

Hizo lo que ella le decía, pese a que no tenía ninguna gana de volver a sacar una sola foto el resto de su vida.


Esa tarde, en la Ciudadela, comenzó a firmar con su S estilizada. Fue amplificando las fotos que le tocaron en suerte, penetrando en sus subestructuras atómicas y dejando en ellas, temoroso y exaltado, su marca registrada. Lo hizo con su recuperado sentido de la travesura: su firma en una casilla del crucigrama en un periódico arrugado que el secretario de Montenegro tenía entre sus manos; en el nombre alterado de una calle (Niepse en vez de Niepce) que se veía a lo lejos, al lado de la oreja derecha del caballo de Montenegro en primer plano, en un desfile de honor; en el paquete de cigarrillos Lucky Strike tirado sobre la mesa en una reunión de gabinete.

Lo hizo durante seis días, angustiado por la desaparición de Nikki, y preguntándose cuándo llegaría el fin, cuándo se uniría a ella. El fin podía haber llegado hace mucho, y sin embargo nada: acaso lo necesitaban todavía, y lo dejaban hacer. Cada foto con su firma era un mensaje en una botella: quizás algún día, dentro de un mes o de cincuenta años, un historiador acucioso, de esos que investigaban sus pistas con lupa (o con programas más avanzados que Photoshop), repararía en un detalle que no casaba y descubriría que esa foto tan real había sido violada (la pornografía explicada a los intelectuales), y ello lo llevaría a analizar otras fotos, grabaciones y documentales de la época. Era consciente de que quizás lo estaban filmando, y quizás ya habían descubierto que estaba intentando ser más secreto que los secretos dueños del secreto. ¿Destruirían esas fotos, o las volverían a manipular para borrar su firma? Sí, todo su esfuerzo podía ser vano. Pero bastaba que una foto burlara la vigilancia de la Ciudadela para que hubiera esperanza. Bastaba que uno de sus vigilantes palpara, como él, el horror de lo que estaban llevando a cabo, y dejara pasar intencionalmente una foto con la firma de Sebastián, como prueba de las transformaciones a las que un soñador digital las había sometido, como testimonio de los experimentos llevados a cabo en la Ciudadela para resucitar a los muertos, despertarlos de su encierro criogénico, de su papel de Medusas de nitrato de plata.

Al final del sexto día, en el bus de regreso a la ciudad, lo acompañó la imagen de los edificios simétricos rodeando la explanada. Se había encariñado de su territorio vespertino de trabajo; éste se había apoderado de su imaginación como no lo habían hecho los edificios de Imagente y Tiempos Posmo.

Imaginó a la Ciudadela con las paredes pintadas de colores estridentes, anaranjados o tal vez amarillos, y habitada por seres con cabezas y cuerpos intercambiables, rostros que adquirían narices grotescas o perdían sus labios gruesos (el paréntesis de Gina Gershon), pieles que cambiaban de color, cejas que se aligeraban o se tornaban selvas tropicales. Se imaginó a sí mismo creando la Ciudadela de los sueños digitales, mientras otros hombres lo utilizaban para convertir a Río Fugitivo y otras ciudades en partes de un país con un pasado digitalizable y ciudadanos de memorias elásticas.

¿Dónde estaría su Tailandesa? La extrañaba hasta el delirio. Ya no quería refugiarse en la nostalgia de Antigua. La quería en su presente, con o sin traiciones, con o sin ambigüedades. La quería sola, y la quería con Wara o alguien como ella en otra exaltada noche de plenitud y vacío. La quería sola, y la quería con Nicola.

Llegaba a su casa esa noche. Caminaba a paso lento, un chicle en la boca (era el territorio de Nikki). Soñaba con abrir la puerta y encontrar todo en orden. Nikki estaría leyendo o viendo un video. Se besarían, se dirían lo mucho que se habían extrañado. Él cocinaría, y con una botella de tinto en la mano rematarían la noche haciendo el amor en la alfombra, bajo la impertinente mirada de los escalares, la luz azulada del televisor flotando en el ambiente.

Braudel le había dicho que Inés saldría libre. La chica que la había denunciado no tenía pruebas en las cuales basar sus acusaciones. Se alegró por Inés. Alissa no le había mencionado nada de ella. ¿Sería...? No lo creía. ¿Y qué le importaba? El que sí parecía haberse enamorado de alguien era Braudel, a juzgar por la forma en que trataba a Nicola. Pobre, no tenía chance por esos rumbos. Y Sebastián que quería acercarse a él, pero no podía liberarse de la imagen de un hijo asfixiando a su madre con una almohada...

A una cuadra de su casa, notó algo raro. Apuró el paso. A veinte metros, se detuvo. Difícil creer lo que sus ojos le pedían que creyera. Siguió avanzando, esta vez a paso lento, hasta llegar al lugar donde se había encontrado el porche de la entrada.

El porche no estaba, como tampoco estaba la casa: no quedaban vestigios ni de su piso ni del de la Mamá Grande: alguien se los había llevado como si fueran parte de una unidad prefabricada, a la que bastaba poner en la parte trasera de un camión y partir. En la esquina había, en su lugar, un lote baldío, de tierra apisonada y todavía húmeda, en el que dos gatos se enzarzaban en una febril persecución. Los adolescentes en el parque fumaban marihuana y escuchaban a Miguel Bosé interpretando a Fito Paez, como si nada extraño hubiese ocurrido, como si ese lote hubiese estado desde siempre en el barrio, hueco necesario para las borracheras y el sexo. No eran los adolescentes que conocía, eran otros, muy pulcros en su apariencia desprolija, muy estudiados en su aire corrupto. En las paredes de las casas al otro lado del parque, no había rastros del graffiti insultante a Montenegro.

Difícil creer lo que sus ojos le pedían que creyera.

Sería inútil preguntar a esos jóvenes si habían visto algo, o interrogar a los vecinos. Todos habían visto todo, y nadie había visto nada. Todos oficiaban su rol con aplomo y naturalidad, y no quedaba más que resignarse, aplaudir al encargado de organizar semejante despliegue de artificios entre en los cuales se había desenvuelto su vida las últimas semanas (o quizás desde antes, cuando conoció a Nikki, o quizás antes aun, retrocediendo hasta llegar al día de su nacimiento).

Igual lo intentaría. Iría casa por casa, y preguntaría a cada uno de los vecinos si no había visto nada raro en las últimas semanas. ¿Cómo no? Unos hombres entrando con fotos digitales y saliendo con fotos originales. Unos hombres cargando en sus espaldas a Nikki (o quizás eso era sólo una farsa). Unos hombres haciendo desaparecer su casa. ¿Cómo no?

Sintió que le faltaba aire.

Pero no pudo hablar con nadie. Alguien gritó su nombre, y supo que ésa era la orden de partida. Comenzó a correr a todo lo que daba su pierna de ligamentos frágiles, rumbo al puente. Eran sólo cinco cuadras. Si lograba cruzarlo, podría escapar de la zona de sombra. En una zona con más luz y transeúntes, les sería más difícil eliminarlo en plena calle.

En esas cinco cuadras de casas decrépitas, con ventanas azuladas por la luz de los televisores y Volkswagens brasileros estacionados en la calle y triciclos tirados en las aceras, descubrió que no sabía si su papá volvería, y no quería que lo hiciera, y recordó que los osos polares no habitaban en la Antártica sino en el Ártico. Pensó que todo en Nikki era probablemente falso, y que estaba más enamorado que nunca de ella. Se preguntó cuánto le duraría la novedad del Gameboy para sacar fotos a la hija de Patricia, y qué sería de los pulmones de su mamá con tanto cigarrillo. Quiso saber dónde estaba Isabel, y si Pixel terminaría en la calle o en la geografía de Nippur's Call, y si Alissa continuaría despojando al periódico de texto, y si el Bibliotecario seguiría robando libros, y si Braudel persistiría hasta su muerte prisionero de la muerte de su madre.

Todo en Nikki era probablemente falso, y estaba más enamorado que nunca de ella.

Vio al otro lado del puente a dos policías militares apuntándole. ¿Volvería a soñarse con

Montenegro en blanco y negro? Se detuvo. Le dolía la rodilla.

Comenzó a caminar, sintiendo el olor fétido del río. Las barandas adquirieron un color magenta. Los policías le gritaron que se detuviera.
No hizo caso, y pensó que Inés había tenido razón
en todo. De vez en cuando había razones suficientes para tirarse del puente y buscar el agua y la piedra magenta en la profundidad del río Fugitivo.

Se preguntó si los Seres Digitales le sobrevi-
virían. Si no lo hacían, habría algún otro creativo de
la computadora como él, algún artista del Photoshop que se encargaría de sacar su visión de la zona
de sombra, o instalarla en ella de una vez por todas y
para siempre. Era la hora de los sueños digitales.

Todo su esfuerzo podía ser vano. Pero bastaba que una foto burlara la vigilancia de la Ciudadela para que hubiera esperanza. Una foto con
su firma, como testimonio de los experimentos
que había llevado a cabo para resucitar a los muertos, despertarlos de su encierro criogénico, de su
papel de Medusas de nitrato de plata.

Giró hacia la izquierda, dio dos pasos
ágiles y, antes de que los policías pudieran reac-
cionar, se encaramó en el pretil. Besó la amatista.
Rogando que, al menos ese instante, no hubiera
una cámara fotográfica o una filmadora esperándolo agazapada en busca de su sombra ya pronto
sin sustancia, se lanzó a ese vacío en forma de barranco que lo separaba del río –una garganta profunda–, los eucaliptos en los bordes como desolados alabarderos oficiando un rito funerario.